O AMOR DA SUA VIDA

KAROL PINHEIRO

2ª edição

BestSeller

Rio de Janeiro • 2023

PROJETO GRÁFICO E DIAGRAMAÇÃO:
Maqui Nóbrega

ILUSTRAÇÕES:
Talita Hoffmann

CIP-BRASIL. CATALOGAÇÃO NA PUBLICAÇÃO
SINDICATO NACIONAL DOS EDITORES DE LIVROS, RJ

P72a

    Pinheiro, Karol
        O amor na sua vida / Karol Pinheiro. - 2. ed. - Rio de Janeiro : BestSeller, 2023.

    ISBN 978-65-5712-274-7

    1. Amor - Aspectos psicológicos - Contos. 2. Contos brasileiros. I. Título.

23-85460   CDD: 869.3
                  CDU: 82-34(81)

Meri Gleice Rodrigues de Souza - Bibliotecária - CRB-7/6439

28/07/2023   03/08/2023

Texto revisado segundo o novo Acordo Ortográfico da Língua Portuguesa.
Copyright © 2023 by Karolina Costa Pinheiro.
Copyright da edição © 2023 by Editora Best Seller Ltda.

Foto raposa sentada: Adria Photography/Getty Images
Foto raposa correndo: Nikographer [Jon]/Getty Images

Todos os direitos reservados. Proibida a reprodução, no todo
ou em parte, sem autorização prévia por escrito da editora,
sejam quais forem os meios empregados.

Direitos exclusivos de publicação em língua portuguesa para o mundo
adquiridos pela Editora Best Seller Ltda. Rua Argentina, 171, parte,
São Cristóvão, Rio de Janeiro, RJ • 20921-380, que se reserva a
propriedade literária desta obra.

Impresso no Brasil

ISBN 978-65-5712-274-7

Seja um leitor preferencial Record.
Cadastre-se em record.com.br e receba informações
sobre nossos lançamentos e nossas promoções.

Atendimento e venda direta ao leitor: sac@record.com.br

Para a minha terapeuta.

Tati, você tem toda a razão quando chama minha saúde mental de cristal. Obrigada por, toda quinta-feira de manhã, me fazer entender melhor o grande amor da minha vida.

"Não vá pensando que determinou
Sobre o que só o amor pode saber"

— *Adriana Calcanhotto*, *"Vai saber?"*

Eu am
o amo

Por algo ou por alguém, nas telas do cinema ou da TV, nas conversas entre amigos, em discursos importantes, nas tatuagens, estampado em camisetas, nos campos de futebol, nas prateleiras das livrarias... **O amor repercute, interessa, vende**... e quer saber por quê? Ele é inexplicável.

Aham, é isso mesmo, cara leitora.

Já vou avisando que você não vai encontrar todas as respostas que procura nas próximas páginas (e, sim, eu ainda espero que você as leia). Infelizmente não há fórmula mágica, e, pra falar de amor com sinceridade, o ideal é arrancar de uma vez o curativo que não resolve, só oculta o machucado. Quem ama também sofre, e a gente só sofre por alguém quando ama.

Se você concorda que o que nos resta, então, é ter inteligência emocional suficiente para encarar os percalços que aparecem na nossa vida por conta do amor, parabéns: adquirir este livro foi uma ótima ideia. Não estou aqui para romantizar o amor romântico (talvez só um pouco); estou aqui para ajudar você a entender melhor os sentimentos intensos que as condições da paixão, da atração e do apego despertam em quem os vive. E, já que a perda também é parte quase sempre presente nessa trajetória, vamos falar sobre os fins com a mesma dedicação a que me refiro aos começos.

Prepare-se para encontrar um pouco do que você já sentiu, presenciou ou pensou, mas talvez nunca tenha parado pra colocar em perspectiva e avaliar com lucidez. **Espere o novo**, mas sem esquecer de que, apesar dos vários elementos modernos, amor é amor desde que o mundo é mundo.

Em cada capítulo vou contar a história real (ou não) de um casal que me autorizou a publicar (ou não) sua trajetória. É óbvio que, para preservar as identidades, o nome de cada um dos personagens será trocado (ou não).

E o que eu quero com tudo isso? Que, ao enxergar o outro, você possa ver a si mesma e refletir junto comigo sobre o que realmente quer do amor na sua vida. E, viu, tudo bem mudar de vontade com a mesma rapidez com que decide entre tomar água gelada ou natural, usar a blusa branca ou a colorida, comer ou não a sobremesa. Importante é reconhecer que, acompanhada ou sozinha, sentir amor pode ser uma boa opção.

Apes
&

— *Divorciada, bem-sucedida profissionalmente, mãe de dois filhos quase adultos.*

Foi assim a breve descrição de Helena sobre si mesma para os desconhecidos. Ela odiava falar em público, e, quando a vida a obrigava a fazer isso, preferia ser breve a ser prolixa. Enquanto ouvia os outros, desejou sair do corpo e abandonar a pele negra, o cabelo cacheado, os pés tamanho 40, para vagar até qualquer outro lugar em que valorizassem o silêncio. Como ela tinha ido parar ali, um spa luxuoso que prometia integração total entre corpo, mente e espírito, tudo parcelado em três vezes de oito mil reais sem juros? *As massagens diárias, foca nas massagens diárias*, mentalizou quando o coordenador informou que os hóspedes daquela semana tinham concluído a primeira dinâmica de apresentação e agora estavam livres até o jantar. Ainda haveria mais quatro reuniões do tipo.

Mas ela *S*abia muito bem. Estava simplesmente exausta.

Do ex-marido cuzão, que, orientado por advogados de quinta categoria, tentava arrancar do acordo de divórcio consensual qualquer centavo que conseguisse.

Do trabalho, que a obrigava a se relacionar com gente da pior espécie: pais de adolescentes.

Do último cara que tinha pedido, delicadamente, que ela fosse embora logo após uma transa bem mediana.

Dos filhos, que já não esperavam por ela para mais nada.

Uma amiga de longa data havia indicado o local prometendo milagres, e o infernal feriado de Carnaval, com seus blocos lotados entupindo as ruas da cidade, parecera a oportunidade perfeita para a fuga.

Já de roupão, caminhando no chão metade grama metade asfalto, flagrou um beijo rápido entre dois jovens funcionários do lugar que pareceram levar um choque quando notaram sua presença. Ela riu da situação constrangedora e automaticamente se lembrou da ingenuidade com que tinha vivido sua primeira transa.

Lena, como era chamada ao longo de seus vinte e poucos anos, tinha uma mochila branca especial para levar os patins com lâminas afiadas que fizeram dela uma forte concorrente no Programa Curto, categoria individual feminino.

Ela e Bruno formavam um casal que despertava nos outros a sensação de terem nascido um para o outro. ❶

Amavam e viviam esportes que envolviam patins e gelo, tinham mudado o status do relacionamento logo que começaram a sair, encontravam os amigos direto e não tinham meias vontades: um não deixava de fazer o que queria se o outro não estivesse a fim. A regra, é lógico, não valia para qualquer envolvimento romântico com mais alguém. A relação de três meses era totalmente monogâmica.

E foi durante uma noite fria de inverno, logo depois de um treino preparatório para algum campeonato, que Helena viu sua até então tranquila vida amorosa ficar estranha. A sensação foi a mesma de uma joelhada inesperada na parte de trás da coxa, daquelas que fazem a gente perder o equilíbrio na mesma hora.

Sem querer, ouviu uma conversa de Bruno com os colegas de equipe na qual frases que reuniam as palavras "ela", "tem", "que", "liberar", "logo" foram pronunciadas. Lena surtou, perdeu o prumo, desacreditou. ❷

Ficou tão puta que, sem demonstrar emoção alguma, apareceu de surpresa, pegou a mão de Bruno e, como de costume, andou com ele até o estacionamento do ginásio rumo ao carro antigo cinza chumbo dela. Quando já estavam acomodados e alguma música chata começou a tocar no rádio, antes mesmo que a chave fosse virada para dar a partida, o calor da conversa mais sincera que já existira durante os 99 dias juntos foi suficiente para embaçar todos os vidros fechados.

— Pra que ficar comigo se você só queria isso? — disparou.

— Acho que você não sabe do que está falando — respondeu ele.

— Eu não vou ser enganada por cara nenhum!

— E eu não ia perder o meu tempo enganando você.

— Eu sou virgem e não tenho v*E*rgonha disso — lembrou ela, por mais que ele já soubesse.

— Eu te conheço muito bem.

— Você pensa que me conhece.

— Dá pra você me explicar o que está acontecendo?

— Esquece, eu não vou liberar nada!

— Isso tem a ver comigo, não com você.

Nos dez minutos seguintes eles: se calaram, conversaram novamente, trocaram beijos, beijaram mais, tiraram a roupa, exploraram lugares do corpo um do outro, riram, respiraram rapidamente, ficaram quase sem ar, ela sentiu medo, ele gozou.

O garoto explicou o que era, enfim, a tal liber*A*ção de que ele precisava: que a escola o permitisse jogar no campeonato de hóquei interestadual como *winger*,[1] mas já não importava mais.

Os pneus deixaram marcas leves no chão de terra, e, mesmo que o carro de Lena já estivesse a caminho de casa e que qualquer ventania fosse capaz de apagar os rastros deixados para trás, aquele seria para sempre um lugar importante.

Trinta anos depois, ao passar por ali quatro dias por semana, sempre às sete da noite, logo depois das aulas de patinação agora ministradas por ela, a memória ainda servia de gatilho sobre nunca ter sentido prazer de verdade no sexo.

Ela tirou o roupão, deitou de bruços na maca, inspirou o óleo de lavanda profundamente e se deixou levar pelo toque firme da massagista. Tinha aceitado a sugestão sobre o shiatsu, apesar de não acreditar muito na história do reequilíbrio de canais energéticos. Imersa em pensamentos que teimavam em aparecer como vozes constantes em sua cabeça, adormeceu, ou talvez tenha apenas entrado num estado de relaxamento profundo. O fato é que Helena sonhou.

Bruno tinha o mesmo rosto de que ela se lembrava. Helena era a mulher madura que estava naquela pequena sala do spa. Agora, sem as amarras da juventude, havia tranquilidade para perguntar ao garoto toda a verdade. Por que ele havia sumido? Por que terminara o namoro sem dar expl/cações? Foi algo que ela fez ou disse? Ou algo que deixou de fazer ou dizer? Parada diante dele, sentiu pena do olhar de pânico que recebeu como resposta.

Ela se virou de costas para andar em outra direção e encontrou o ex-marido. Ele estava sozinho, vestido com o mesmo terno

---

[1] Uma das posições ocupadas pelo jogador de hóquei. O *winger* é o responsável por fazer as jogadas pelos lados e no fundo da pista, além de construir jogadas para as finalizações feitas pelo jogador central.

azul-escuro de quando se casaram embaixo de uma chuva torrencial que estragou parte da cobertura de lona alugada às pressas na véspera da cerimônia. Por que ele havia demorado tanto para aceitar legalmente o divórcio? Por que engatara outro relacionamento tão rapidamente? Por que queria a grana que sempre tinha sido dela? As perguntas iam sendo feitas sem pudor e, no instante em que ela se calou e ele moveu os lábios para começar a falar, silêncio. A boca estava se mexendo, mas nenhum som saía.

Entediada, Helena continuou andando. Deparou-se com um descampado enorme cheio de... homens?! Notou primeiro Antônio, depois reparou em Fernandes, seguido por Milton, Renato, Murilo e alguns outros que ela até reconhecia, mas de cujos nomes mal conseguia se lembrar. Credo, que pesadelo. Pensou em sair correndo, depois gostou da ideia de questioná-los. Seria quase como um estudo comportamental descobrir:

"Por que você me pediu pra ir embora da sua casa aquele dia?"
"Por que insistiu em mim mesmo depois de levar um fora?"
"Por que não quis outro date?"
"Por que se apaixonou por mim?"
"Por que me traiu?"

No entanto, ao caminhar entre eles, logo percebeu que se tratava de totens feitos de papelão. ❸

Estava ofegante, sentindo um pouco a falta de ar que aquela jornada havia lhe causado. Olhou para cima inspirando com força em busca do fôlego que sumiu por completo com a figura que acabara de emergir bem diante dos seus olhos. Reparou no caminhar tranquilo, no olhar focado, no focinho comprido, nas orelhas pontiagudas. Um gato? Um cachorro? Não, definitivamente aquele bicho de pelagem cor de fogo não se enquadrava em nenhuma dessas espécies. Aproximou-se sem medo, era impossível imaginar que algo tão lindo e de porte bem menor que o dela fosse capaz de causar qualquer mal. A poucos centímetros de distância, lembrou-se da primeira técnica de adestramento que aprendera na vida com a avó apaixonada por pets e ofereceu o dorso da mão ao animal. Imaginou como seria poder acarinhar, cuidar, e até exibir-se ao lado de tamanha beleza. Em vão. Num único e certeiro salto ela se foi. Automaticamente a vida amorosa de Helena passou em sua mente como um flash. Se aquela raposa tivesse um nome, com certeza seria Amor.

Sessenta minutos depois, emergia daquela maca uma mulher descansada, mas ainda tentando assimilar a mensagem que recebera do seu inconsciente, tanto que nem se importou com a mesa coletiva do jantar. Comeu, trocou meia dúzia de palavras com o colega de retiro sentado na cadeira ao lado, um cara calvo que havia tirado um tempo para descansar do mercado fina/Vceiro depois de um burnout, deu boa-noite a todos e se retirou. Queria curtir a privacidade do quarto com cama de hotel pelo qual havia pago.

Enquanto lavava o rosto, que receberia alguns cremes manipulados prescritos pelo dermatologista de quem tinha virado amiga pessoal, encarou o próprio reflexo no espelho. Por que você se importa tanto com eles? ❹

E o dia terminou duas xícaras de chá depois, com ela entregue à leitura do brilhante livro de bell hooks sobre uma nova perspectiva do amor.

Aperta o start?

Se você soubesse o que ter seus olhos fixos nestas letras significa pra mim, muito provavelmente passaria a vida inteira olhando pra este livro! Mas, ok, eu sei que a sua vida é corrida, a agenda está lotada de coisas pra fazer e possivelmente em pouco tempo estas páginas vão perder sua atenção para a tela do celular e as imagens lindas de um feed perfeito.

Até pensei em dar uma maquiada (eu levo jeito pra essa coisa de maquiagem), tentar disfarçar e quem sabe deixar que você seja pega de surpresa e descubra a verdade sobre este livro mais pra frente. É assim que se ganha um leitor, afinal (será?).

Mas aí lembrei que já, já vou deitar na cama, um pouco antes de cair num sono bem maravilhoso, quando os pensamentos de que eu não estaria sendo totalmente sincera invadiriam minha mente como o melhor dos energéticos feitos de cafeína.

Então, lá vai: quero que você saiba que por aqui as coisas não serão sempre coloridas, cheias de sorrisos e filtros que escondem a realidade. Os relacionamentos românticos são complexos. Muito complexos. Eles permeiam quase que a nossa vida inteira (menos quando crianças, acredito eu), e nos levam a sentimentos e sensações que ninguém é capaz de prever até que os viva.

É um grande clichê, mas precisamos concorDar que de clichês é feita a nossa vida: não tem muita explicação para o amor!

Aí você deve estar se perguntando: "Nossa, mas por que a Karol acha que pode se apropriar desse clichê tão difícil e transformá-lo num livro que me custou dinheiro?" (A menos que você tenha tido a sorte de ganhar o livro de uma amiga ou então tenha pegado emprestado com alguém.)

A resposta é simples e está na ponta da língua: porque eu sou o tipo de pessoa que ama. Não regulo o amor, não poupo minhas emoções e estou sempre acreditando que a vida só vale a pena se for pra sentir. Seja lá o que for pra ser sentido. Por conta deste coração inquieto que pulsa forte aqui dentro, vivi algumas histórias felizes, outras nem tanto e, não importa em qual momento da sua vida você tenha aberto esta página, tenho certeza de que vou continuar por aí amando.

Acho, inclusive, que este é um bom momento pra contar sobre a primeira vez que amei. Ele se chamava Sidney e nós devíamos ter uns 6 anos (esqueça tudo o que eu disse sobre esse tipo de sentimento não fazer parte da infância). Nossa relação era baseada na troca de lanches na escola: ele me dava o doce dele, eu dava pra ele o meu salgado. E assim construímos uma linda história de amor (se envolve minha comida, desculpe, mas é amor, sim). Até que rolou a festa de fim de ano da classe. Foi nessa fatídica noite de sábado que eu tive minha primeira grande desilusão amorosa. Estávamos no palco, apresentando para os pais uma linda dança ensaiada incansavelmente pela tia Débora, nossa professora, quando sem querer o pandeirinho que eu segurava bateu na cabeça do Sidney. Sim, eu disse na cabeça. Ele parou de dançar na mesma hora, olhou feio pra mim e saiu de cena, do palco e da minha vida. Até hoje me pergunto o que passou pela cabeça do Sidney (além do pandeirinho).

Agora estou pronta pra falar do meu grande talento. O quê?! Não comentei sobre isso antes? Então aí vai uma revelação importante sobre mim: eu sou uma ouvinte do amor. Você nunca deparou com esse tipo de habilidade em testes vocacionais e está achando que eu inventei só pra poder levar este livro até a prateleira da seção de autoajuda? Tá, talvez seja até um pouco verdade, mas, que eu me destaco n*A* categoria de pessoas que adoram ouvir as histórias amorosas dos outros, ahhh, isso eu garanto! São horas e mais horas acumuladas durante esses meus 36 anos.

E, bom, já que você sabe a verdade nem tão feliz que vai encontrar neste livro, conhece minha ligeira obsessão pelos sentimentos e está por dentro do talento que faz de mim uma acumuladora de boas histórias românticas, vamos ao que interessa: o amor.

Não dá pra prever exatamente quando ele vai acontecer na nossa vida, mas existe uma regra para a qual jamais houve exceção: esqueça qualquer forma de controle. Você não decide simplesmente amar alguém da noite para o dia. Do mesmo jeito que você não decide simplesmente não amar alguém da noite para o dia. O processo todo leva tempo e exige dedicação, independentemente da sua vontade.

VEM COMIGO FOCAR A HISTÓRIA DA LENA:

"Você e ele/ela combinam muito."
"Vocês nasceram um pro outro (ou uma pra outra)."
"Vocês têm tudo a ver."

Imagino que frases como essas já tenham sido ditas algumas vezes por pessoas próximas a você. Tanto para justificar o seu par quanto para justificar aquele que deveria ser o seu par. E pode mesmo ter sido uma frase dita com a melhor das intenções. Mas de boas intenções...[2]

Existem milhares de estudos que procuram entender melhor a química do amor e os fatores que, quando juntos, explicam por que nos sentimos atraídos por alguém. Não acredito totalmente em qualquer um deles, mas o fato é que somos animais racionais movidos por uma série de impulsos.

Beleza, quem sou eu pra dizer que não é coisa de alma, de Deus, de energia, da Lei da Atração, de vidas passadas, do céu, da terra, do mar, do Tinder? Mas, entre todas as explicações, a maneira como a ciência encara tudo isso me parece a mais plausível. Li sobre o assunto num livro que devia ter umas quinhentas páginas e tomei a liberdade de resumir em algumas linhas tudo o que aprendi (se você for um cientista estudioso do tema, peço perdão).

Existem basicamente três fases principais: na primeira, por conta dos nossos hormônios sexuais (testosterona para os homens e estrogênio para as mulheres), iniciamos a busca por um

---

[2] ...o inferno está cheio, como diz o ditado popular.

par assim que entramos na vida adulta. Na segunda fase rola o interesse por alguém e, consequentemente, a paixão. Aí, um monte de processos químicos acontece no nosso cérebro e só conseguimos pensar naquela pessoa. Na terceira e última fase rola a ligação mais profunda, obra de dois hormônios poderosíssimos: a ocitocina e a vasopressina.

Mas a verdade é que, por mais crédula ou cética que a pessoa seja, cada caso é um caso, não há certo ou errado, e prever por quem o seu coração vai bater mais rápido não é uma matemática baseada em afinidades. Talvez por isso as frases que você escuta estejam mais para "você só gosta das pessoas erradas", "quem diria vocês dois juntos", "os opostos se atraem mesmo". E tudo bem! Amor que acontece onde alguém ou ninguém poderia prever.

2. Eu tenho um sonho: mudar o termo

"primeira vez". Pode ser qualquer outra coisa, tipo "Hoje comi sashimi *coliclousa*". Ou então "Nossa, vou viajar pra fora do Brasil *coliclousa*". Mas me deixa explicar com mais detalhes. Pra funcionar, teríamos que, de tempos em tempos, trocar *coliclousa* para *lilicli*, *tuterino*, *gumossomo* ou qualquer outra palavra ainda não existente que deixe de causar o mesmo impacto que "primeira vez" tem no nosso inconsciente.

É assustador, é desconhecido, é sombrio, é novo! E o novo... Teste algum será capaz de dizer se você está ou não pronto para viver uma *coliclousa*, ou melhor, uma primeira vez. E, antes de deixar você pensar que talvez seja tudo questão de treino, já adianto que tática alguma jamais seria capaz de preparar você cem por cento para qualquer experiência nunca antes vivida. Se a organização do dicionário não fosse alfabética, eu sugeriria que "novidade" estivesse posicionada ao lado de "coragem": uma só funciona se a outra estiver presente!

Precisei de ambas no dia 25 de outubro de 2003. Que me desculpe o Sidney (e a minha inocência infantil, que confundia desejo por açúcar com amor), mas foi o Fábio que me fez descobrir o verdadeiro significado de estar apaixonada. Todos os clipes de música pop dos anos 1990 que mostravam corações com iniciais desenhados nos cadernos, aliás, foram inspirados na minha própria história (eu tenho certeza disso).

Estreei no time das pessoas que já beijaram de língua com ele (juro que já contei essa história em detalhes um milhão de vezes no meu canal de Youtube) e simplesmente odiei. Odiei! O que, é lógico (deixou de ser novo, deixei de sentir medo), não me impediu de beijar outras bocas, começar a curtir a coisa, até chegar no meu primeiro namorado, três anos depois, e transar pela primeira vez na vida. Eu adorei. Adorei. Talvez eu estivesse mesmo muito corajosa naquele dia.

3

Por mais que eu odeie comparações, pra mim é impossível achar um jeito melhor de descrever o tipo de controle que temos sob a nossa vida que não este: imagine que você acabou de fazer as malas e está prestes a embarcar numa viagem. Você lemb*R*ou de pegar o pijama, as meias e dessa vez não esqueceu nem a escova de dentes. Tudo lindo, check-in feito no balcão de informações da companhia aérea. (Você até tentou um upgrade para a classe executiva, mas o xaveco de que o esmalte da atendente era lindo não funcionou. De novo.)

Agora é hora de relaxar perto do portão de embarque até que o painel com o nome do lugar para onde você vai indique que chegou a hora. Dois pães de queijo e um café depois, basta mostrar o celular com o QR code da sua passagem para que o caminho em forma de corredor até a aeronave se torne seu destino.

O travesseiro em forma de U cai da sua mão, a mochila pesada ameaça escorregar do braço, o homem que está atrás de você faz a típica cara feia de quem não se conforma com tamanho amadorismo. "Bem-vindo" é o recado que se ouve em looping da aeromoça que indica a poltrona destinada a ser sua, apontando com dois dedos para o lado direito.

Aquele jogo de ocupar menos espaço começa entre quem pretende guardar as coisas no bagageiro, quem deseja se acomodar sem atrapalhar o outro, quem decide dar uma olhada na revista que está "no bolsão à sua frente". Depois de se revirar várias vezes, uma posição em que os dois pés tocam o chão com carpete azul-escuro finalmente parece ser a perfeita. Você é incrível, você conseguiu! É chegado o momento de ouvir a pessoa mais importante de todo esse rolê...

Ainda que cada passo pareça ter sido milimetricamente comandado por você, minha cara amiga, o controle desse avião está nas mãos do piloto lá na cabine, fechada, bem longe de qualquer tipo de intervenção que você queira fazer durante todo o trajeto. Nem mesmo o horário em que você vai fazer suas próximas refeições, os períodos em que terá as luzes acessas para ficar acordada ou apagadas para dormir, vai sofrer qualquer tipo de intervenção sua.

Podemos até nos iludir, concretizar planos v*Ez* ou outra, mas simplesmente não mandamos no que vai acontecer daqui a exatos dois segundos.

4 **Alguém precisa contar para a Helena** que as respostas verdadeiramente relevantes para a vida dela são as que só ela pode dar!

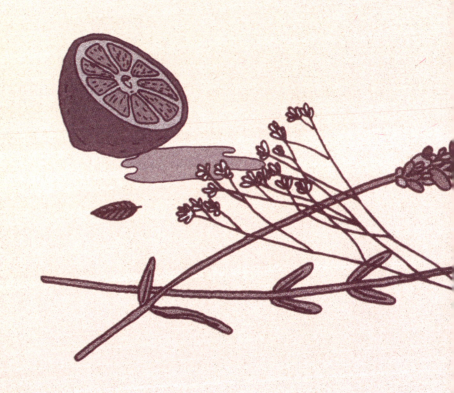

Não quero declaração, nome ou mudanças significativas. Quero viver no meu mundo e deixar você fazer parte dele, contanto que ainda seja o mesmo.

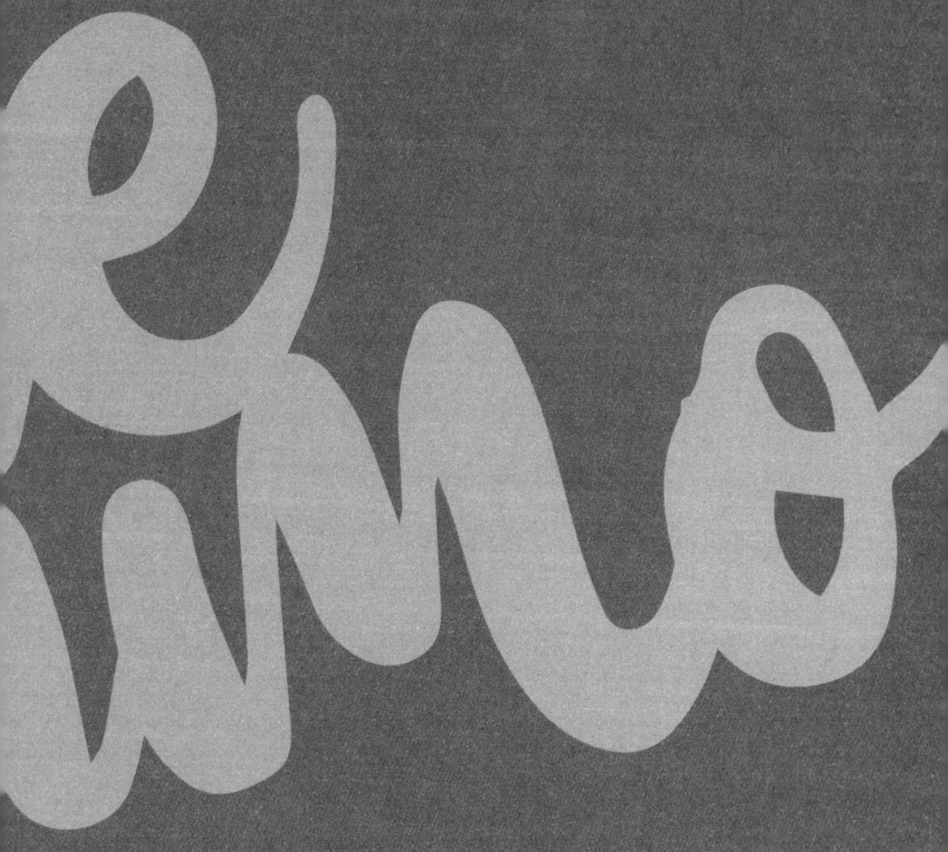

Ela

Catarina embrulhava as flores com o cuidado de quem acabou de pegar um bebê recém-nascido nos braços. Naquela manhã ensolarada de 15 de maio de 2015, com as unhas pintadas de coral e os longos cabelos castanhos presos num coque no alto da cabeça, ela dobrou o papel transparente para a direita, passou fita adesiva na parte superior esquerda e fez uma ponta encontrar a outra de maneira que a estampa quadriculada banal do embrulho parecesse ter sido criada para aquela embalagem. Estendeu as mãos segurando o ramalhete e pediu que o homem tivesse cautela, pois qualquer movimento a mais e as pétalas delicadas da peônia cor-de-rosa perderiam o sentido de existir. Ele concordou com a cabeça, deu meia-volta e saiu.

Foi ali, durante aqueles quase 12 minutos, que a história da vida de Catarina mudou.

Trabalhar numa floricultura passava longe de ser um sonho, mas, diante da outra possibilidade, que envolvia convencer pessoas a comprar roupas de que elas não precisavam, as flores pareceram um jeito mais honesto de ganhar dinheiro naquele momento. Já era o oitavo mês como vendedora, e, como a dona do eStabelecimento havia prometido, o primeiro como gerente.

Catarina sempre fora do tipo que gosta de números e sabe lidar com finanças. Com 12 anos, por exemplo, resolveu que seria dona do próprio negócio e começou a criar quadrinhos feitos com colagens. Vendeu quatro deles para Amália, sua tia mais velha por parte de mãe, e resolveu encerrar os negócios alegando baixa no mercado. Mas o que ela fez com os dez reais que ganhou é o detalhe importante: comprou um doce, um gloss com gosto e formato de morango que servia como pingente de um colar, uma caneta de seis cores e uma revista sobre decoração que vinha com uma minibolsinha de brinde em que ela colocou as duas moedas de cinco centavos que sobraram. Transformar pouco em muito era uma especialidade de Catarina.

Quando o céu já mostrava sinais de que logo estaria completamente escuro, o avental laranja que tinha estampada a palavra "Florir" deu lugar ao moletom cinza-escuro que praticamente servia como o outro uniforme de Catarina. Ela nunca tinha sido muito apegada a tendências de moda; eram as cores e texturas dos batons, sombras e blushes que tornavam justificável sua adoração por beleza.

Um rosto nunca era só um rosto quando estava diante de seus pincéis, apesar de ela já ter ouvido o contrário. Seus pais, separados quando ainda era uma menina que preferia a sobremesa antes do jantar, sempre a apoiaram de longe. Ambos acreditavam que, depois dos 20, ela devia tocar a própria vida sozinha como bem entendesse.

Mas foram os três namoros que cruzaram seu caminho o grande problema dessa questão.

"Isso é só diversão", dissera o primeiro.

"Mas com prática qualquer um faz isso", dissera o segundo.

"Dá pra aprender tudo isso no YouTube", dissera o terceiro.

Por essas e outras, deixar que o número chegasse a quatro estava fora de cogitação. Catarina nem sabia se realmente conhecia o significado de amar. Estar apaixonada, sim, mas amar...

Como de costume, ela chegou atrasada e passou por entre as muitas cadeiras azuis cheias de alunos, tentando não ser notada. Em vão. Parte do material que segurava escorregou de seus braços, a professora interrompeu a aula. Catarina pediu desculpas e as horas seguintes foram fundamentais para quem sonha viver nas coxias. A aula daquela noite era sobre maquiagem artística para musicais, o grande sonho de Catarina. Enquanto ouvia as lições, fechou os olhos por alguns segundos e imaginou uma vida diferente.

Ela estava um pouco mais velha, o cabelo um pouco mais curto. O terceiro sinal acabara de soar para que o público se ajeitasse nas poltronas. Catarina fixava no rosto de um ator importante o molde de látex confeccionado por ela. Era assim, por meio do que chamava de "mágica", que o moço ganhava um queixo mais alongado, capaz de enganar a Té o melhor dos observadores. O nome dela não era aplaudido no fim do espetáculo, mas nem precisava; desde cedo desejava não ser percebida. Sinal de que o trabalho havia sido feito da maneira mais realista possível, exatamente como deveria ser.

Já era tarde da noite quando a aula terminou, junto com todo o processo até a hora de vestir a camiseta larga com estampa de propaganda de posto de gasolina herdada do pai. Finalmente havia chegado o momento de dormir. Amanhã seria mais um dia: acorda, moletom cinza, ônibus, floricultura, avental laranja, moletom cinza, ônibus, aula, pincéis, ônibus, camiseta com estampa de posto de gasolina, cama...

Ela

Os passos eram largos e firmes, típicos de quem sabe exatamente aonde quer chegar. Entre uma calçada e outra, um suspiro. Entre um suspiro e outro, um pensamento. Entre cada pensamento, uma lágrima. Era 15 de maio de 2015, exatos cinco anos desde aquela primavera de 2010. Carol ainda se lembrava do que havia comido, vestido e falado naquele mesmo dia cinco anos antes.

É lógico que, para qualquer outra pessoa que habite este planeta, ter gravado na memória pormenores como esses não fazia o menor sentido, mas para Carol eram justamente os detalhes que traziam algum sentido à vida. Sua mãe, que tinha o cabelo loiro escuro igualzinho ao seu, preparou o café da manhã, deixou um bilhete na geladeira que trazia um trecho de "Amor" e recolheu o lixo sem lembrar de dar um nó duplo no saco preto. Seu pai ajeitou a louça na máquina de lavar, refez o nó malfeito da gravata verde, f4lou ao telefone e retribuiu o beijo que ganhou dela de longe. Aquela seria a última vez em que os três estariam juntos.

Cinco anos depois, ainda que os ponteiros do relógio estivessem mais adiante do que deveriam, Carol acreditou no que só podia ser um sinal e resolveu parar no meio do caminho. Ela, que gostava de logos e tipografias bizarros, diante de uma vitrine que ostentava a palavra "Florir" de modo que quem olhasse rápido enxergava apenas o "rir"... A reunião, o novo planejamento estratégico da empresa de entregas express que levara dois anos para existir e finalmente dar lucros, o sócio que fazia cara de bravo sempre que ouvia a palavra '"tentativa", tudo isso podia esperar.

Num único movimento, abriu a porta de vidro cheia de marcas de digitais e deparou com um colorido de tirar o fôlego, capaz de fazer as lágrimas que seus olhos verdes ainda carregavam secarem na hora. Instantaneamente, ela se lembrou de quando era criança e do dia em que deixou cair da mesa da sala o vaso antigo cheio de água e girassóis. Eles eram os preferidos de sua mãe.

Enquanto escolhia os tons de amarelo perfeitos, ergueu a cabeça, empurrando os óculos com armação transparente mais para perto do rosto, e avistou de longe, do outro lado do balcão, um crachá com adesivo de emoji no lugar da foto. Sorriu pensando que aquilo podia ter sido feito por ela. Notou que a funcionária em questão tinha as unhas coloridas e se impressionou com tamanha habilidade para cortar os cabos das peônias com precisão. Carol era péssima em trabalhos manuais, o que lhe fazia valorizar qualquer tipo de capacidade motora. Desde sempre, aliás, preferia dedicar-se a funções que não exigissem escrever seu nome em linha reta ou pintar desenhos dentro dos limites impostos pelos contornos. Jogos da memória. Jogos da memória eram, definitivamente, os seus preferidos.

Em questão de segundos, escutou ao pé do ouvido a voz rouca de um homem perguntando se ela precisava de ajuda e, por reflexo, tirou rapidamente as flores escolhidas da água, fazendo gotas geladas respingarem diretamente no rosto dele. Precisava chegar tão perto?

Estar fisicamente próxima demais de desconhecidos desconcertava os sentidos de Carol. Ninguém tinha sido capaz de dar a ela uma explicação aceitável para essa fobia que a acompanhava desde sempRe. É possível que por isso, talvez, nunca tenha conseguido se envolver romanticamente com alguém completamente estranho. Os dois breves namorados que havia tido eram amigos de amigos de amigos.

Ela entregou os cinco girassóis para o rapaz sem que seus dedos encontrassem os dele e balançou a cabeça no sentido vertical quando indagada se o pagamento seria no débito. Carol não conseguia entender o motivo e até tentou espantar o pensamento, mas, apesar de ter achado simpático o sorriso do moço, criou toda uma expectativa sobre como teria sido ser atendida pela dona do crachá divertido. Imaginou as duas, uma de frente pra outra, envolvidas numa longa conversa.

De onde vinha isso?

Uma xícara de expresso, um combo de sashimi e sushi de salmão com cream cheese, uma taça de sorVete de creme com gotas de chocolate, mais uma xícara de expresso, uma lata de Coca-Cola Zero, duas garrafas de água de 500ml, um pedaço de pão de mel com recheio de doce de leite, uma salada caesar com tiras de peito de frango e outra Coca-Cola Zero depois, as horas, as refeições e o dia no escritório passaram enquanto o pensamento continuava lá. Olhar para aquele arranjo de girassóis em cima do gaveteiro onde, estrategicamente, ficava posicionada a foto dos pais dela também não ajudava. Carol deveria estar com o pensamento focado naquele 15 de maio. O dia que se repetia, ano após ano, como um aviso de que tudo tem um fim.

Mas dessa vez os sentimentos ruins que acompanhavam a lembrança do dia em que seus pais morreram num acidente de trânsito sumiram. O embrulho dos girassóis era tudo em que ela conseguia pensar...

Elas

Foi como se cordas estivessem amarradas nas mãos, nos braços, nas pernas de Carol. Ela já não tinha mais o controle de seus movimentos, que pareciam orquestrados por um marioneteiro profissional. Em men*O*s de vinte minutos, muitas das respostas para as perguntas que tinham assombrado sua cabeça nas últimas horas apareceram ali, diante de seus olhos, na forma de um perfil cheio de fotos e interesses em comum na tela reluzente do computador. **Contrariando qualquer atitude que tomaria se fosse dona de suas próprias decisões, clicou em "Adicionar aos amigos".** ❶

São momentos assim, impensados, inesperados, negligenciados, que mudam o nosso destino, fazendo o roteiro da vida que estava pronto pra ser colocado em prática precisar de um novo roteirista.

As horas passaram tão rápido que nem o toque do celular de Carol, programado todos os dias para as nove da noite, foi capaz de provar que o relógio estava funcionando de verdade. Não era possível que oito horas agora durassem quarenta minutos. No máximo. O segundo encontro da vida delas tinha acontecido cara a cara, às treze horas, na praça de alimentação de um shopping qualquer, e acelerado o movimento de rotação da Terra. Carol e Catarina viraram Carol e Catarina. Assim mesmo, aparentemente sem qualquer mudança, as duas passaram a carregar, internamente, os nomes que antes não pronunciavam com frequência dentro do coração e fora da boca: uma já não conseguia ficar sem falar sobre a outra.

Dizem que paixões não acontecem à primeira vista, mas com certeza a regra não se aplica quando o ser avistado é uma cabeça amarela com um sorriso enorme no meio. Carol gostava de contar que a história de Carol e Catarina tinha começado assim, por causa de um emoji. Catarina gostava de contar que a história de Carol e Catarina tinha começado por causa de um perfil desconhecido no Facebook. **Mas a verdade, elas sabiam, era que a história das duas tinha começado de verdade no momento em que ambas decidiram que deveria começar.** ❷ Catarina relutou por não querer, por temer, por duvidar. Carol relutou por querer, por sofrer, por precisar mudar. As duas mulheres, que repentinamente se tornaram protagonistas, decidiram que a apresentação, a compilação, o clímax e o desfecho seriam todos para um só filme. O longa com final feliz da história delas.

O caminhão de mudança chegou no CEP que terminava com a combinação 100 e descarregou, ainda na rua, os móveis acumulados após alguns anos de casas dos pais, república e casas compartilhadas com amigos. O acabamento em madeira pintada de branco definitivamente não combinava muito com o de ferro preto, mas, quando os móveis se misturaram, a magia do improvável aconteceu. Foi sobre a magia do improvável, aliás, que Catarina respondeu para Carol naquela praça de alimentação de shopping quando um sorriso nervoso saiu da sua boca, logo depois da confissão: seus lábios nuNca haviam encostado nos de outra mulher antes.

Elas entraram juntas no apartamento vazio, que antes da entrada dos móveis ainda estacionados na calçada, ostentava apenas o necessário para uma vida quase completa: geladeira e colchão. Catarina caminhou devagar, apertando os olhos para tentar enxergar o que estava escrito naquele pedaço de papel com cara de velho preso por um ímã na geladeira. Era um bilhete que trazia um trecho de "Amor", de Álvares de Azevedo.

Amemos! Quero de amor
Viver no teu coração!
Sofrer e amar essa dor
Que desmaia de paixão!
Na tu'alma, em teus encantos
E na tua palidez
E nos teus ardentes prantos
Suspirar de languidez!

Quero em teus lábios beber
Os teus amores do céu,
Quero em teu seio morrer
No enlevo do seio teu!
Quero viver d'esperança,
Quero tremer e sentir!
Na tua cheirosa trança
Quero sonhar e dormir!

Vem, anjo, minha donzela,
Minha'alma, meu coração!
Que noite, que noite bela!
Como é doce a viração!
E entre os suspiros do vento
Da noite ao mole frescor,
Quero viver um momento,
Morrer contigo de amor!

Pra não dizer que não falei de amor

É brega, é lindo, é poético, é cafona... Eu mesma confesso que já devo ter dado umas oitocentas definições diferentes para cenas de amor explícito que presenciei (e que vivi!). Tudo depende do momento em que as presenciei (e em que as vivi). Eu gosto de identificar nos relacionamen*T*os românticos diferentes jeitos de sentir e demonstrar o que se está sentindo. Uma relação nunca é igual à outra. Pode reparar: nem aquelas vividas pelas mesmas pessoas, nem aquelas vividas por pelo menos uma das mesmas pessoas, nem aquelas vividas por quaisquer outras pessoas.

Aonde eu quero chegar com esse monte de pessoas? No seu relacionamento romântico. Seja ele do passado, do presente ou do futuro, simplesmente não vai ser como qualquer outro do qual você tenha ouvido falar. Por isso eu até poderia contar sobre quando me relacionei pra valer pela primeira vez e quis usar uma aliança de prata de compromisso pra dizer isso em silêncio ao mundo todo. Ou então sobre aquele outro namoro que terminou tragicamente depois da brilhante ideia que tive de ligar o computador do cara. Ou ainda sobre aquilo que nem chegou a ser um relacionamento, mas existiu durante anos e anos nos meus pensamentos.

Mas, pra falar sobre o seu, eu teria que ser você (ou pelo menos a segunda parte nele envolvida). Pronta para uma revelação daquelas que fazem o estômago revirar? Estamos fadados ao desconhecido quando decidimos nos envolver, ainda que seja, por exemplo, pela segunda, terceira ou quarta vez com a mesma pessoa. Eu encho os pulmões pra ter mais ar e poder falar bem forte sobre minha convicção de que absolutamente ninguém muda pela vontade alheia. O que pode fazer alguém se transformar verdadeiramente é o tempo. Um ano, um mês, um dia... Nem você, nem o outro serão as mesmas pessoas daqui alguns dias.

Ainda assim, você adora sAber sobre surpresas lindas e brigas absurdas que seus amigos viveram no relacionamento deles? Ou então gasta seu tempo com livros que trazem a palavra amor na capa (viu, você é especialmente maravilhosa por essa!)? Eu também! Ouso apostar que esse desejo vem mais da necessidade de não nos considerarmos as únicas em muitas das atitudes que tomamos ou pensamentos que temos quando nos relacionamos do que da ideia de que as histórias alheias servirão como exemplo para nós mesmas. Segura mais forte na lateral deste livro, finge que é minha mão e saiba que outro alguém no mundo já:

- Entrou numa treta descomunal que passou dos limites do que sempre considerou aceitável.
- Sentiu ciúme demais. Ou de menos.
- Passou horas fantasiando o futuro a dois.
- Achou que todos os outros casais pareciam mais felizes ou menos felizes.
- Desconfiou dos seus próprios sentimentos pelo outro com o casamento marcado.
- Criou um fake para stalkear o perfil do ex.
- Armou uma situação qualquer pra chegar aonde queria.
- Desejou outra pessoa...

Pode ir acrescentando várias outras situações a essa lista que eu garanto: as chances de elas já terem sido vividas por mais alguém são enormes. O que é diferente a cada relacionamento é o jeito como elas se resolvem. E é aí que a magia do amor acontece de maneira única para cada um!

Dito isso, eu chego no ponto mágico deste livro. Aquele em que, tenho certeza, vou até digitar mais rápido no teclado que está dando vida a estas páginas.

Conhecer o outro, se apaixonar, começar um relacionamento... Quando é saudável, a coisa toda fica tão boa que há quem viva uma vida inteira pra isso.

Gosto muito de uma teoria desenvolvida durante anos e anos de estudo pelo psicólogo americano John Cacioppo[3], falecido em 2018. Segundo ele, tudo está ligado ao fato de sermos uma espécie social que, durante um bom tempo, dependeu do esforço em grupo para conquistar a sobrevivência. Era simples: ninguém, por exemplo, saía pra caçar sozinho — o coletivo era mais forte e por isso tinha resultados mais efetivos.

Resumidamente, para John (adoro fazer a íntima chamando os pesquisadores pelo primeiro nome), quando nos sentimos sozinhos, nosso corpo emite um aviso de que algo não está indo bem. É um sinal que, assim como outras sensações, tipo a fome, a sede ou a dor, nos induz a uma mudança de comportamento. Neste caso, nos faz buscar contato com outras pessoas.

Calma que não estou dizendo que é uma necessidade física do ser humano ter alguém para chamar de amor. O caso nesse estudo está muito mais ligado ao fato de comer, se abrigar e sobreviver do que qualquer outra coisa. Mas, se a gente parar pra pensar, de onde será que vem essa vontade de conhecer, encontrar e muitas vezes se relacionar intimamente com alguém?

Precisar do outro é totalmente compreensível. Se estivermos falando de relações românticas, então... Olha, eu não sei você, mas me enquadro na categoria de pessoas que não gostam da ideia de seguir sozinhas. Ou, pelo menos, na categoria de pessoas que precisam de uma perspectiva com alguém para gostarem de seguir sozinhas. Vou dar alguns exemplos:

● Durante anos da minha vida, curti ir a baladas pra dançar e ouvir música. Eis que todas as manhãs pós-festa eram muito mais legais quando eu havia conhecido alguém interessante na noite anterior.

● Noites em claro só eram boas se eu passasse as horas trocando mensagens com alguém. Nem sei explicar, mas aquilo pre-

---
[3] John T. Cacioppo foi o fundador do Centro de Neurociência Cognitiva e Social da Universidade de Chicago (EUA).

enchia meu coração com uma esperança gigante de felicidade a curto prazo.

• Ainda que minha resposta para a pergunta "tá namorando?" fosse "tô solteira", sempre curti que lá no meu interior eu respondesse "mas tem um cara, o fulano de tal, que, nossa, a gente troca mensagem e eu sei que é questão de tempo até descobrirmos que somos almas gêmeas".

Tenho certeza de que há quem leia estes meus depoimentos honestos e pense "Tadinha!". Tudo bem, sem problemas. O pensamento em que eu quero chegar é que, ainda que aconteça de maneiras completamente diferentes pra cada um, sentir pode ser ótimo! Eu, por exemplo, sempre fiquei feliz com a perspectiva, mesmo que não alcançada, de encontrar alguém legal. Uma amiga próxima (que só talvez se chame Maqui) curte a ideia de ter vários dates com pessoas diferentes simplesmente porque gosta da imprevisibilidade do que pode acontecer. Já um conhecido (que só talvez seja meu irmão) me disse um dia que "só faz senti*D*o se você começar achando que é pra sempre". Em todos os casos, sentimos!

AGORA VAMOS FALAR DA HISTÓRIA DE CAROL E CATARINA.

1 A esta altura do livro você já sabe que não tem controle algum sobre como, quando, onde e por que o amor pode entrar na sua vida (já, né?!). Parabéns! Você está pronta para saber da próxima constatação óbvia mais poderosa de todas: não adianta ficar aí sentada esperando. Ok, eu concordo que, com muitíssima sorte, talvez aconteça de você se apaixonar pela próxima pessoa que tocar a companhia da sua casa (caso você more numa casa), ou o interfone do seu apartamento (caso você more num prédio). Mas, se a coisa já está difícil pra quem tem perfil no Tinder...

Ninguém aqui está falando sobre procurar, mas sim sobre possibilitar achar e ser encontrada. É bem simples: a oportunidade só acontece para quem deixa ela acontecer! Catarina não reparou em Carol, que reparou em Catarina, que aceitou seu pedido de amizade. Se uma dessas ações tivesse seu curso alterado, talvez as duas nunca tivessem a chance de se conhecer.

O mesmo vale para uma vaga de emprego inesperada sobre a qual um amigo comentou ou uma ideia magnífica para lançar um aplicativo de mensagens instantâneas que chegue a valer 16 bilhões de dólares: nenhuma delas seria real se uma segunda, terceira, quarta, quinta e muitas outras ações não tivessem sido praticadas para que isso acontecesse.

2. Uma casa. Pra existir, evidentemente, uma casa

precisa de paredes, teto e piso. Pode até ser que haja alguma personalidade nela por fora, como a cor da fachada ou o tipo de material escolhido para revestir o telhado, mas é só ao abrir a porta que a gente entende melhor o dono da casa. A quantidade de móveis e objetos, as formas, texturas, os tipos de eletrodomésticos... Nosso corpo é a nossa casa, e o que está dentro dele funciona como a mobília a que poucos têm acesso. E não estou falando do seu fígado ou do seu estômago, mas das histórias, sensações, aprendizados, traumas, alegrias e tristezas acumulados durante os anos de vida.

É por isso que não existem respostas prontas para explicar relacionamentos que não dão certo, muito menos para os que dão. Gosto de pensar que para um casal evoluir do beijo para uma ficada, para uma transa, para um rolo, para um namoro, para um casamento é preciso que ambos estejam dispostos a arrastar os móveis para trocá-los de lugar várias vezes. E qu*E*m já fez pelo menos uma mudança sabe o trabalho que dá: nem todo mundo está a fim naquela mesma hora e momento. Relacionar-se romanticamente é reconhecer que será preciso mudar o que está por dentro e querer fazer isso junto com o outro.

Ser verdadeiramente presente sempre vai exigir ausência. De outro ângulo, de outra história, de outras vidas... Ninguém consegue estar o tempo todo.

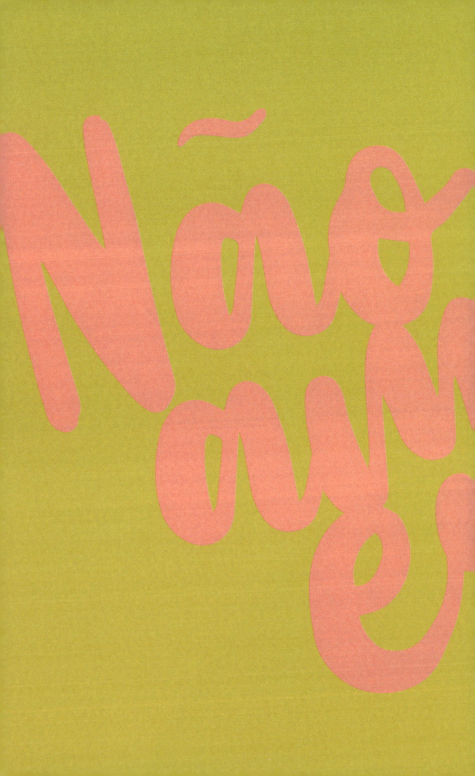

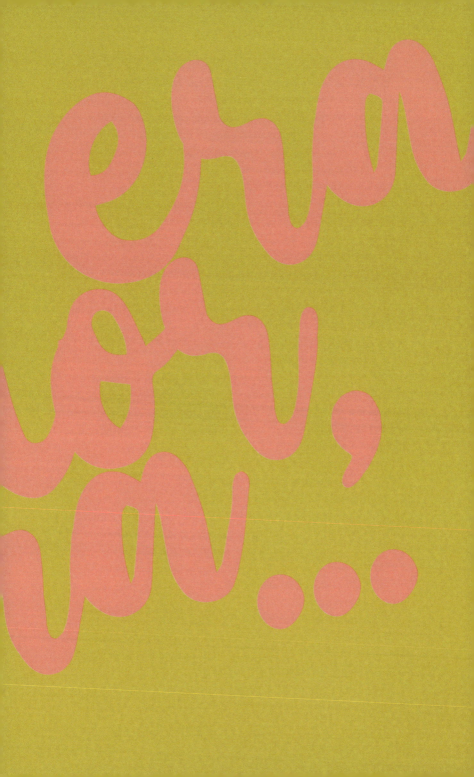

Um ferro de passar roupa azul bivolt. Uma cesta de vime com: três batons em tons diferentes de rosa, uma base líquida de alta cobertura, um pó compacto, dois esmaltes vermelhos e um spray fixador de maquiagem. R$ 682,17 na quadra da Mega-Sena. Massagem relaxante com óleos terapêuticos. Uma viagem com direito a acompanhante para assistir a um show da turnê de residência da Lady Gaga em Las Vegas.

Era essa sorte, que insistia em acompanhá-la durante seus 33 anos de vida, a responsável por tamanho azar. Só podia ser! Nádia tentou encontrar no tarô, nos astros, na quiromancia uma resposta que explicasse tantas histórias dignas de um livro best-seller sobre como ganhar prêmios e perder amores, mas a verdade é que ela nunca conseguira uma justificativa convincente.

Ok, até fazia sentido a teoria de que o senhor de barba e cabelo branco, óculos de armação torta e túnica azul bebê tinha criado ao ler as cartas para ela.

— É tudo culpa da energia canalizada.

Preencher cupons de promoções dava trabalho, mas essa suposição feita pelo velhinho espiritualizado evidentemente era só porque ele não fazia ideia da quantidade de horas gastas entre conhecer o cara, marcar o date, banho, cabelo, depilação, maquiagem, conversa fiada... ❶

Tentativa número 1

Aconteceu com 14 anos, muito antes de ostentar o cabelo com as pontas descoloridas e pintadas de cor-de-rosa clarinho que fazia parte da sua identidade de hoje em dia. Nádia ainda não tinha peito suficiente para usar sutiã, mas usava mesmo assim. Ainda não sabia bem como passar maquiagem, mas usava mesmo assim. Ainda não sabia se equilibrar no salto alto, mas usava nas festas mesmo assim.

Ela se apaixonou por Rafael, o colega de classe que se sentava na terceira fileira (na segunda carteira), e em troca da atenção dele topava passar as respostas das provas de matemática, ciências, física e química, matérias que ela dominava com excelência.

O ano letivo acabou e com ele as aulas, a cola e qualquer

possibilidade de um romance existir pra valer.

Os olhos cor de mel grandes e arredondados de Nádia aprenderam o que era chorar por amor, e sua recém-inicia*D*a coleção de maquiagem ganhou uma máscara de cílios à prova d'água. Problema resolvido, trauma adquirido!

Foi a partir daí que ela jurou: iria separar os envolvimentos casuais dos românticos em potencial. **Se fosse só uma ficada, por exemplo, ela reconheceria como tentativa sem futuro. Agora, se o lance abalasse seu coração, iria ser encarado como tentativa com futuro.** ❷

Dos 15 aos 16 anos: cerca de sete tentativas sem futuro

Tentativa com futuro número 1

Aconteceu aos 17 anos, quando seu corpo já havia atingido a estatura definitiva de 1,64 metro. Nádia partiu rumo a Toronto, no Canadá, para o intercâmbio com o qual sonhara desde que nasceu (talvez também pelos nove meses em que habitou a barriga de dona Adelia, sua mãe).

As duas malas que embarcaram com ela guardavam seus maiores tesouros: os looks que ela tinha certeza de que seriam os responsáveis por demonstrar grande parte de sua personalidade destemida. Foram eles, aliás, os responsáveis por chamar a atenção de Justin.

Justin, que na verdade não se chamava Justin, mas sim Takeshi (que quer dizer algo parecido com "feroz" em português), escolheu o nome americanizado quando saiu do Japão para também viver seu intercâmbio. A substituição era comum entre conterrâneos asiáticos para que os colegas de outras nacionalidades conseguissem pronunciar seus nomes sem emitir um sonoro "*What?*" como resposta.

Nádia e Justin eram colegas de sala na aula intensiva de inglês, e, durante uma dinâmica em dupla, precisaram praticar o vocabulário de características físicas um com o outro. "Colorful" foi a descrição de Justin para Nádia, e a paixão estava sacramentada. Ninguém tinha sido capaz de entendê-la de maneira tão simples e profunda.

Foram quase cinco meses tentando desenrolar um encontro que acabou rolando num pub irlandês rodeado por enormes janelas arredondadas. Eles até chegaram a trocar um beijo tímido naquela noite, mas Justin voltou para o Japão uma semana depois e seguiu sua vida bem longe como Takeshi. Bem longe.

Dos 18 aos 21 anos: mais ou menos dez tentativas sem futuro

Tentativa sem futuro número 11

Aconteceu aos 22 anos, quando Nádia saiu da casa da mãe rumo ao apartamento de 52 m*E*tros quadrados que havia alugado para dividir com Aline, sua colega na agência de publicidade onde estagiava. Cada uma pagaria 1.200 reais por sala, cozinha, banheiro e um quarto compartilhado, com todas as despesas incluídas. Seria apertado no fim do mês? Seria apertado no fim do mês, mas a possibilidade de ter mais liberdade, ser dona de si e decidir quando lavar ou não o jeans tamanho 44 que vestia perfeitamente em seu corpo fazia qualquer perrengue valer a pena.

O elevador de aço escovado com espelho do prédio serviu de cenário para a cena de amor mais linda que ela já havia vivido. Carlos entrou, se olhou no reflexo do espelho, ajeitou uma mecha de cabelo caída perto do olho direito e sem querer flagrou os olhos de Nádia fitando os seus. Ela tentou desviar rapidamente, mas ambos caíram na gargalhada quando se deram conta do que havia acontecido. Antes de descer no terceiro andar, dois antes do quinto andar onde ela morava, ele olhou para o relógio e disse:

— Talvez fosse mesmo a hora de... a gente se conhecer.

Eles riram de novo e a vida seguiu monótona até o encontro seguinte no mesmo elevador.

Dessa vez, Carlos estava acompanhado. A garota era magra, alta e tinha o cabelo liso escorrido que caía por quase toda a extensão das costas.

— Vem, Cá! — chamou ela, esticando o braço em direção a ele assim que o T brilhou no painel de identificação de andares.

Carlos era lindo, engraçado, espirituoso e, é lógico, tinha uma namorada. Talvez noiva. Ou até esposa. Seria ele pai de gêmeos?

Ambos viram juntos a porta abrir e fechar algumas vezes, mas Nádia não era mais criança e tinha aprendido a se blindar de todos os finais. Esse era só mais um. "Bom dia", "boa tarde", "boa noite" até o térreo e só. E só.

Dos 23 aos 24 anos: quatro tentativas sem futuro

Tentativa com futuro número 2

Aconteceu aos 25, quando a carcaça de mulher livre e bem-resolvida escondia um emaranhado de dúvidas sobre ser ou não ser. ❸

Ainda que não gostasse muito de voltar tarde para casa e ir se deitar quando os pássaros da vizinhança cantarolavam juntos compondo uma sinfonia de bom-dia, ela dizia sim sempre que algum amigo lhe oferecia a oportunidade de sair. Era essa, ela apostava, a única maneira de conhecer alguém capaz de preencher o vazio que sua vida romântica havia conquistado desde sempre.

Foi numa dessas saídas dignas de uma noite de sono maldormida que ela o conheceu. Seu primeiro namorado. Nádia já tinha reparado no cara com piercing no nariz que sabia combinar de um jeito único a calça jeans skinny com o coturno marrom desgastado, mas, como era de se esperar, a história parecia ter se encerrado ali, já que ele caminhou com os amigos até a porta de saída do bar estranhamente aconchegante em que estavam.

A breve temporada indo a aulas de balé na infância fez total sentido quando ela se deu conta de que uma meia pirueta seguida de um lindo *pas marché* o trazia de volta para dentro do local.

— Não vou embora sem pelo menos saber o seu nome — disse ele.

E depois André soube também o endereço dela, detalhes sobre seu gosto peculiar por trilhAs sonoras de filmes de terror, a cor preferida de esmalte, qual lado da cama prefere, o sotaque divertido da mãe nascida no México...

Até o dia em que, seis meses depois, entre algumas brigas que sempre terminavam com a constatação de que ela devia estar ficando louca, cansada da sensação de que algo estava errado, Nádia descobriu outra vida. Dele. Nessa realidade paralela, ela simplesmente não existia. Acabou.

Dos 26 aos 28 anos: perdeu a conta das tentativas sem futuro

Tentativa com futuro número 3

Aconteceu aos 29 anos, quando ela se apaixonou em plena segunda-feira, às dez da manhã, assim que bateu o olho no fotógrafo responsável pela campanha publicitária de um novo amaciante específico para roupas de bebê na qual ela estava trabalhando fazia alguns meses. Ele era cheio de tatuagens lindas parecidas com as que ela desejava fazer um dia e segurava a câmera com bastante segurança.

Durante o tempo que passaram no estúdio com fundo branco infinito, as poucas palavras troCadas tinham relação apenas com a embalagem em tons de azul pastel do amaciante, mas no intervalo, logo depois do almoço, ele a convidou para fumar e ela, apesar de odiar profundamente o cheiro do cigarro, aceitou, fingindo ser a fumante mais convicta de todo o planeta Terra. Talvez até da Lua.

Trocaram contatos das redes sociais, trocaram olhares durante a tarde, trocaram o primeiro beijo no bar que emendou aquela noite de trabalho como a desculpa perfeita para a ficada. Foram seis cigarros no total. Nádia foi para casa flutuando numa nuvem de esperança.

O problema era que ficava difícil demais se manter na superfície com a densidade daquela fumaça odiosa durante cada um dos encontros. **Ela tentou, mas não foi capaz de suportar o cheiro, o gosto, o toque defumado pelo tabaco. Começou com uma campanha tímida que o impedia de fumar quando estivesse perto dela e terminou no que parecia um protesto de paralisação total caso ele continuasse com o hábito. Terminou.** ❹

Dos 30 aos 32 anos: três tentativas sem futuro e nada mais!

Tentativa com futuro número 4

Está acontecendo aos 33 anos. Deitada completamente nua na cama queen com lençol de oitocentos fios cor-de-rosa, Nádia olhou para o lado e riu sozinha da situação. Aquele apartamento no primeiro andar podia não ser igual aos que ela usara como referência no painel de decoração do seu perfil no Pinterest. Mas era perfeito. Era dela. Só dela. Finalmente parecia que a vida estava se ajeitando, e os dois braços quentes que envolviam sua cabeça sem se mover suportando todo e qualquer peso eram a prova que faltava. Quase não dava pra acreditar na volta bizarra que a vida tinha precisado dar para que, finalmente, parecesse fazer parte de uma órbita com algum sentido.

Nádia entrou na livraria obstinada a encontrar um exemplar que traduzisse em palavras o que ela gostaria de dizer para sua mãe. A data era especial, e o presente também deveria ser. Arrematou um livro de capa dura sobre residências inspiradoras e notáveis da Cidade do México que, ela tinha certeza, mexeria com o coração latino de arquiteta de sua mãe. **Já no caixa, prestes a tirar o cartão de crédito da bolsa furta-cor, sentiu um toque leve no ombro esquerdo e deparou com um rosto familiar.** ❺

— Talvez fosse mesmo hora de... a gente se reencontrar.

Quase dez anos depois, e a descoberta de que um mal-entendido foi capaz de confundir ainda mais duas cabeças confusas. Cá era só um apelido de infância, a moça era só a prima mais nova, ele nunca fora pai de gêmeos.

Ah, se alguém tivesse contado a Nádia sobre aquele abraço, beijo, o jeito perfeito de pronunciar a palavra namorada... Agora, meses depois do reencontro na livraria, ela só conseguia sorrir ao olHar para Carlos deitado na cama. E dessa vez o andar do elevador era o mesmo para os dois.

O jogo dos seis acertos

Sempre que alguém me diz que jogou na Mega-Sena (esteja ela acumulada ou não), automaticamente ganha meu respeito. Preste atenção no investimento de tempo e dedicação necessários para concorrer ao prêmio final:

Passo 1: Dirigir-se até uma casa lotérica oficial.

Passo 2: Encontrar em meio à tradicional bagunça de volantes (aqueles papeizinhos coloridos) o modelo correto para o jogo que pretende fazer.

Passo 3: Decidir que tipo de jogo quer fazer (existe uma quantidade mínima e uma máxima de números que podem ser apostados).

Passo 4: Escolher os números.

Passo 5: Encarar a fila até o balcão de apostas.

Passo 6: Fazer o pagamento em dinheiro vivo — o que, acredite você ou não, é o único jeito possível presencialmente (perdão pelo meu erro. Para jogar, antes de quAlquer coisa é necessário voltar seis casas e adicionar um "sacar dinheiro no caixa eletrônico").

Passo 7: Guardar muito bem o recibo do jogo, já que sem ele é como se a aposta não tivesse sido feita.

Passo 8: Conferir o resultado, que só é válido em até noventa dias a partir da data do sorteio.

É verdade que hoje a coisa toda ganhou ares modernos e pode ser feita via app da Caixa Econômica Federal, mas, até aí, o Tinder também nos permite pular várias fases das tentativas que podem acabar sem futuro (o que, prometo, será assunto para outro capítulo!).

E ainda acho importante deixar evidente que a probabilidade de levar o prêmio final pra casa é de aproximadamente uma chance em 50.063.860 para quem joga uma aposta mínima.

Deu pra entender? Sorte ou azar são consequências! Ainda que a perspectiva de ter grana possa fazer o esforço valer a pena, sem a parte do esforço não existe a possibilidade. Igualzinho acontece com os relacionamentos. Ou você achou mesmo que seria fácil?

É bem comum que, por exemplo, ao avistar um casal andando de mãos dadas no shopping, a pessoa automaticamente ache que:

- Eles são mais felizes do que eu.
- Eles têm mais sorte do que eu.

É o ser humano e sua capacidade infalível de se comparar.

Que ingenuidade a nossa acreditar que conhecemos profundamente o outro. Seja seu melhor amigo, o vizinho ou um parente, todas as teorias criadas são baseadas em achismos capazes de inventar histórias que só existem na nossa cabeça. Por isso, querida leitora, quando olhar para o lado e acreditar cegamente que só a sua vida amorosa é (me desculpe o jeito grosseiro) cagada, lembre-se disto aqui: muito do que você acabou de ler agora há pouco aconteceu comigo (e eu nunca nem cheguei perto de contar qualquer coisa sobre isso nas redes sociais, por exemplo!).

VAMOS FALAR SOBRE NÁDIA. Ô, NÁDIA...

1 *Depositar expectativas é a realidade de* absolutamente tudo o que fazemos, caso contrário simplesmente não faríamos. O segredo está em dosá-las! E mentiR pra si mesma dizendo "ai, eu não espero nada" não funciona. Quando for começar algo novo na vida (seja um relacionamento, um trabalho, um curso...), tenha em mente que, apesar de serem responsáveis por grande parte das nossas decepções, as expectativas nos fazem bem mais ousadas.

2 **E ter boas histórias pra contar, não vale nada?**
Vale, sim, senhora (principalmente se você decidir escrever um livro sobre amor anos depois)!

3 **Eu anseio por um mundo em que experiência** seja menos conf*U*ndida com maturidade. Nádia tinha certeza de que, depois de viver repetidos términos, estaria protegida do sofrimento causado por eles. Mas que nada! É nos conhecendo melhor que sacamos o que nos leva a sentir alegria ou tristeza, aí, sim, maduras o suficiente para respeitar os próprios limites. Como conseguir essa proeza? Vivendo, sim, mas também se questionando e refletindo a cada passo dado. Não é à toa que provavelmente você conhece pessoas mais velhas que, digamos, também precisam aprender muito...

4 **Para viver um relacionamento saudável** é preciso aceitar o outro como ele é. "Me poupe, Karol, sei disso desde os 10 anos de idade." Aham, tá bom, mas me conta se, caso você já tenha se envolvido romantica*M*ente com alguém, não rolou uma esperança de que algum detalhe indesejado mudaria com o tempo. Apostar esperando que algo do tipo aconteça é escolher prolongar o inevitável!

5 **Lembra o que eu disse sobre sermos incapazes** de controlar o futuro? Então...

O acaso é um aliado poderoso de quem pretende encontrar procurando. Eu achei você misturado aos sinais.

Já era quase meia-noite, e até aquele momento meu coração havia disparado um total de quatro vezes: a primeira foi quando ele chegou de Uber pra me buscar em casa e fez questão de esperar em pé do lado de fora do carro. Eu atrasei. Eu sempre atrasava. Fazia parte do que eu achava ser um charme até cair na real sobre os aplicativos que cobram por tempo de espera. Aquela foi a última vez. Eu juro. Parei de ser cafona.

A segunda rolou quando entramos no restaurante sugerido por ele. Uma porta misteriosa no meio de uma fachada escura. Mesas aleatoriamente posicionadas no que parecia ser a sala de estar de uma casa antiga, um corredor. Luzes pequenas no teto de céu iluminavam o jardim com mobília antiga desencontrada.

A terceira só aconteceu um tempo depois, naquela mesma noite quente de março, quando bem casualmente as mãos dele abandonaram o copo com gelo e Negroni para virem parar no meu joelho. Está se perGuntando sobre a quarta vez em que meu coração disparou? Pois bem: foi só o prato de tagliatelle fresco com abobrinha grelhada, ricota, rúcula e tapenade que escolhi no cardápio pousar sobre a mesa. **Eu amo comida, e essa era a única coisa que eu podia amar.** ❶

Eu sei, talvez você esteja achando que escolhi encerrar o parágrafo anterior dessa história de maneira dramática por imaginar que assim mais gente se identificaria e teria vontade de continuar lendo...Quem dera essa fosse a verdade!

Os meses que antecederam meu primeiro encontro com ele foram marcados pela certeza de que sentir amor romântico nos tempos atuais simplesmente não valia a pena. Aprendemos a viver com as facilidades do 5G em mãos tão rapidamente que fizemos questão de esquecer o impacto que isso causaria nas relações humanas. Quanto vale um like, um follow, uma DM? Trocar mensagens que certamente seriam consideradas traição se ditas pessoalmente tinham o mesmo efeito no ambiente on-line? Eu tinha sentido na pele com meu relacionamento anterior, e a resposta que encontrei dentro de mim determinou a urgência de ficar e permanecer sozinha.

Foram dias de céu cinza para quem gosta de ver cores nos outros. Estar envolvida com alguém fazia parte do que eu considerava uma das maiores maravilhas da vida. Conversar, descobrir, conhecer, compartilhar... Sempre acreditei que essa vinda a passeio à Terra tem como principal objetivo absorver do mundo particular de cada um aquilo que é capaz de fazer crescer nosso próprio universo. É como se as nuvens só estivessem ali pra nos lembrar de que, em outro canto, alguém teria uma visão completamente diferente delas.

Mas eu estava magoada demais, descrente demais, triste demais para aceitar viver novamente uma desilusão. Sou uma mulher forte que sabe ser a única responsável por toda decisão tomada, e dessa vez decidi me poupar e respeitar os indícios de que não estava pronta para cair na cilada de tentar desvendar o que significava receber como resposta um emoji. Essa coisa toda de conhecer alguém, ficar esperando uma mensagem (que nem sempre chega), resolver então mandar uma mensagem e precisar enviar a resposta para cinco pessoas tentando decifrar o que ele quis dizer... Que saco! Aliás, por favor, não seja a pessoa que responde a qualquer tipo de pergunta com um emoji!

Cento e oitenta dias depois e aquela força maior do que todas as outras chamada destino se encarregou de me dar um tapa ardido na cara.

Sou sobrinha de uma mulher que conheceu um cara no Par Perfeito e se casou com ele. Sou da geração que esperava dar meia-noite para usar a conexão discada de internet em casa e pagar apenas um pulso. Sou do tempo em que os professores não descobriam quando um trabalho escolar era todo obra do Google. Eu amo a internet, mas me recusei a criar um perfil no Tinder. Era óbvio que a galera ali só queria encontrar com quem transar. E isso, bom, isso não era o tipo de coisa que eu costumava fazer escolhendo pessoas numa espécie de catálogo humano.

Mas aí eu criei um perfil no Tinder. Eu sei, eu sei, falta coerência nessa história, mas, se estou aqui me propondo a contar a verdade e você a acreditar nela, devemos fazer o exercício de lembrar que, em se tratando de seres humanos, as regras estão ali esperando para serem quebradas. E eu quebrei a minha no dia em que escolhi a ordem das fotos que dariam rosto ao meu perfil. PrimeiRo a de cabelo solto, maquiagem leve e sorriso no rosto, depois aquela em que eu estava numa festa rodeada de amigas, por último um retrato espontaneamente planejado em algum canto do mundo durante uma viagem de férias. **O superlike era questão de tempo...** ❷

   No nosso primeiro date, que na verdade foi o segundo — no dia anterior resolvemos que seria uma boa ideia nos encontrarmos rapidamente cara a cara, só pra ter certeza de que as histórias tristes sobre encontros às cegas com gente que se conheceu on-line não se repetiriam —, eu simplesmente sorri. E não foi aquele tipo de sorriso capaz de revelar os dentes. Foi bem menor, mas muito mais intenso, já que aconteceu dentro de mim.

   Ok, talvez tenha sido culpa da barba perfeitamente imperfeita, dos olhos escuros profundos, do sapato marrom com ar retrô que tinha as costuras em tons de verde (já contei que o sapato é a primeira coisa que eu olho quando reparo numa pessoa?), mas eu agradeci por aquele like. **E não se engane: nada de vislumbrar um "e viveram felizes pra sempre" com um cachorro que mais parecia de pelúcia, um apartamento moderno cheio de plantas, um pedido de casamento num castelo de princesa, um filho. O que eu vi foi um cara gato.** ❸

   Eu me lembro do exato momento em que notei que ia dar match também na vida real. Perguntei, digitando freneticamente, que tipo de música ele curtia e li na tela do celular "ouço de tudo". Olha, meu querido, eu também, m*A*s me diga então um sertanejo que vale o seu play (convenhamos que bom gosto pode ser medido de várias formas...). "Evidências". Ferrou! O nosso primeiro beijo aconteceu no Uber horas depois do tagliatelle e minutos antes de o meu sutiã ir parar na sacada do apartamento de dois quartos para onde eu havia acabado de me mudar. Era a primeira vez que eu transava assim, de cara, sem tentar controlar a vontade, acreditando no que me ensinaram sobre servir uma única vez.

   E, como toda boa história, essa foi sendo construída aos poucos: protagonistas gradualmente despidos de suas máscaras e armaduras, diálogos importantes que varavam a noite terminando em grandes momentos de descobertas.

   Não dá pra dizer que não teve jogo. Sempre tem. Uma conversa que não deixou claro o que tinha pra ser dito, uma noite em que a prioridade foi outra, uma foto postada com significado subentendido... Mas, dessa vez, não havia times oponentes, era mais como se os dois competidores entendessem que o prêmio final poderia ser facilmente dividido entre eles. **E a gente foi vivendo, os dois tão disponíveis, tão inconsequentes, tão livres de autojulgamentos que as mãos desacostumadas a servir de apoio se entrelaçaram antes de serem capazes de segurar qualquer troféu sozinhas.** ④

Mas não pense que tudo estava garantido.

Nunca está!

Vivemos brigas homéricas. Daquelas em que abrir a porta do carro em movimento parece ser a única saída. Muito choro, palavras feias ditas no calor do momento. Muita vida real que não aparece nas redes sociais de ninguém.

Não acredito que "tranquilidade" seja sobrenome para "estabilidade", mas também conheço quem simplesmente precise desse tipo de emoção para viver. Eu. Talvez seja culpa do ascendente em escorpião, da posição do Sol em áries quando nasci, mas a quietude me entedia. Ou entediava.

Fui descobrindo aos poucos que o desgaste causado por uma discussão eterna não compensa a longo prazo. Nunca nos afastamos, mas durante um tempo foi preciso agarrar as lembranças de dias calmos para resistir. ⑤

Tipo aquela tarde em que ainda nem namorávamos e eu pedi pra ele colocar uma música que embalasse meu banho. Sem que eu jamais tivesse mencionado antes, meu ouvidos ganharam de presente uma versão diferente da minha canção francesa favorita da vida. Também teve a primeira vez que entrei na casa dele e me surpreendi de um jeito até então inédito com cadeiras de madeira voadoras usadas como decoração. Os moletons enormes que viraram meus pijamas, ou ainda o fatídico dia em que uma crise de pânico me atingiu em cheio enquanto estávamos no cinema e perder o melhor do filme foi um detalhe bobo.

Foram coisas pequenas como essas que transformaram nosso namoro em noivado. Nosso noivado em casamento. Aprendi a ver beleza nos momentos comuns capazes de culminarem em celebrações, essas, sim, grandiosas, criadas para marcar a memória e não serem tão facilmente esquecidas. E, ainda que sejam elas as responsáveis pela magia da incoerente vontade de viver algo sempre especial, o negligenciado dia a dia é, no sentido mais literal possível, o responsável por tudo.

Ainda trocamos links, me/Nsagens, vídeos fofos de bichinhos, mas é na vida real que esse encontro faz sentido. **Vivo dizendo que o final feliz tem mais a ver com um meio que vale a pena. E, por essa ótica, eu e Arthur nem precisamos do para sempre.** 6

Este livro opera no modo off-line

Não tem ajuste de brilho na tela (se você estiver lendo um e-book favor desconsiderar! Haha), bateria que pode acabar no meio, sistema de segurança falho ou necessidade de clicar pra curtir (você continua aqui, muito mais valioso do que qualquer desenho de coração mudando de cor).

Talvez nem todo mundo que leia este livro saiba, mas eu trabalho com internet. Te juro! Produzo conteúdo para as redes sociais e devo grande parte de todos os bens materiais que tenho ao dinheiro que ganhei assim. Só que, graças a muita maturidade conquistada com anos de terapia, eu não vivo para a internet. Eu vivo para ter o que contar na internet (ou num livro como este. Rá!).

Faço questão de explicar isso porque é fácil demais confun*Dir* tudo e acabar fazendo da nossa presença virtual um objetivo de vida. Imagine então para quem trabalha com a internet... E eu sou muito mais do que posto. Todos nós somos!

Mas, apesar do meu discurso que parece coisa de quem não gosta da vida on-line, está tudo bem entre a gente. Usufruir dos infinitos benefícios que incluem chegar em qualquer lugar seguindo uma bolinha deslizante num mapa, descobrir depois de um único clique inúmeras opções de respostas pras minhas perguntas e abandonar a antiga necessidade de pegar fila no banco jamais será algo pouco exaltado por mim. Se usada direitinho, a web pode ser tudo.

VAMOS DEFINIR O QUE É "DIREITINHO"...

Em 2021, segundo uma pesquisa,[4] o Brasil tinha 152 milhões de usuários de internet. Quer ter uma noção um pouco maior? Basicamente, 81% da população acima dos 10 anos fica on-line. Que me desculpem os outros 19%, mas estamos falando de quase todo mundo. Aí é só pensar sobre como você administra sua vida off-line: dá pra seguir e acreditar em qualquer um? Tipo, viu no metrô, achou interessante, deu oi e bora confiar que todas as impressões são verdades absolutas? Pois então pense o mesmo quando existir uma tela na sua frente. Tem muita gente fazendo/falando merda na internet.

Não vou dizer que achar alguém on-line pra me relacionar era algo que eu esperava, mas me delicio ao contar essa história sem medo de que ela se torne repetitiva. As pessoas adoram. E adoram pelo simples motivo de que, apesar de provável (81% de nós estão on-line, lembra?), é o tipo de coisa que a gente fica passada ao encontrar quem tenha vivido de fato.

Provável não quer dizer fácil. Entre uma pessoa e o que ela parece ser na internet existe outra pessoa, que é quem ela é de verdade. E eu me incluo nessa, tá? Meus seguidores têm acesso a uma pequena parcela do que acontece nos meus dias, sabem um pouquinho do que eu penso e conseguem ver algumas imagens minhas. Tudo assim, em doses homeopáticas perante o caos que é a vida.

O ponto de partida para qualquer conv*E*rsa sobre amor poderia ser o fato de que quase sempre a gente se apaixona pelo que inventa. Quando conhecemos pouco do outro, a tendência é preenchermos as lacunas que faltam com o que queremos. E, se aquela foto do perfil ou a conversa no zap que durou horas fazem o coração do apaixonado acelerar, certamente ele vai arrasar no quesito "você nasceu pra mim, eu nasci pra você". Por isso, inclusive, os amores platônicos são até mais gostosos do que os reais durante um tempo: alimentamos as expectativas do jeito que queremos. Nos seus pensamentos, eu aposto que o outro é

---

[4] Os dados são da última pesquisa TIC Domicílios 2020, desenvolvida por Cetic.br|NIC.

alguém honesto, fiel, querido, que ama animais, sonha viajar o mundo (com você) e não tem bafo...

Mas, ainda que nossa imaginação seja, assim, digna de ganhar o Oscar na categoria Melhor Roteiro Original, é com os elementos que o outro nos dá que somos capazes de devanear. Esse processo, inclusive, pode ser forte a ponto de alimentar o sentimento por muito tempo. Agora, se isso rola no game de conhecer alguém, calcule, então, quando ele é parcial e editado, quando usa filtros... Sinto muito se você não queria receber essa notícia, mas vou ser obrigada a dizer que só ali, cara a cara, dia após dia, a verdade se faz presente e genuinamente sabemos com quem estamos nos relacionando.

QUER FALAR SOBRE A HISTÓRIA QUE DEU NOME A ESTE CAPÍTULO? POIS EU QUERO!

1 *Vou poupar a todas nós de, mais uma vez,* bater na tecla de que a gente não tem controle de nada. Esse detalhe ficou bem claro, e eu espero que a esta altura você já tenha até pensado em tatuar no próprio corpo algo como "a única coisa que mantemos sob controle é a ilusão de que estamos controlando alguma coisa". Acho mais valioso nos concentrarmos no tempo.

O tempo que leva pra alguém se interessar por alguém.
O tempo que leva pra alguém se apaixonar por alguém.
O tempo que leva pra alguém amar alguém.
O tempo que leva pra alguém se entediar com alguém.
O tempo que leva pra alguém se aborrecer com alguém.
O tempo que leva pra alguém sofrer por alguém.
O tempo que leva pra alguém terminar com alguém.
O tempo que leva pra alguém sofrer mais por alguém.
O tempo que leva pra alguém esquecer alguém.
O tempo que leva pra alguém superar alguém.
O tempo que leva pra alguém se interessar por outro alguém.

É tempo demais, mas pode ser tempo de menos. E piora: varia conforme a pessoa, o momento e as situações vividas. Portanto, minha amiga (já temos intimidade pra isso, certo?), os dias, meses ou anos são relativos demais quando se trata de estar blindada ou pronta pra outra. Viu? Zero controle... Ai, não, ele *de novo*!

2 **Fico pensando se minha mãe teria conhecido** meu pai... Não, não, se minha avó teria conhecido meu avô... se qualquer outro relacionamento do passado seria possível caso os envolvidos estivessem com um celular na mão! Sabe o mais louco? A gente não consegue nem prever o que está por vir. Eu mesma, nascida no final dos anos 1980, por muito tempo achei ser coisa de filme de ficção científica conseguir fazer, sentada no meu sofá, uma chamada de vídeo com alguém que esteja em qualquer outro lugar do mundo.

É óbvio que existem dores e delícias nisso, mas, de modo geral, estamos falando aqui essencialmente de comunicação. As redes sociais são os novos corredores de supermercado, e, pra mim, negar as possibilidades disso é escolher viver presa a uma realidade que limita. Ainda mais se refletirmos sobre o quanto o mundo moderno também expande nossos próprios horizontes pessoais.

Vou ser conservadora quanto ao fato de acreditar que existem coisas que a gente ainda precisa sentir com o toque que só a proximidade física possibilita, mas, se eu posso ter chances maiores de encontrar quem me desperte essa vontade, por que não?!

Que venham os hologramas!

3 **Dei um sorrisinho de vergonha antes de digitar** essas letras que você acabou de ler pensando no quanto o conceito de cara gato mudou ao longo dos anos pra mim.

Apesar de achar linda a história da beleza interior, vou pedir licença à minha amiga Bela pra deixar a hipocrisia de lado e contestar quem acredita que o amor é cego. Ele pode até parecer estranho aos olhos do outro, mas, pra quem está ali enxergando, há elementos visuais que despertam interesse instantâneo. Ou não. E fim. Inclusive, do alto da minha maturidade, confesso ter lá minhas dúvidas se rolaria casamento caso a Fera não tivesse voltado a ser príncipe.

Isso quer dizer que se a listinha tiver menos checks do que os que a sua concepção de perfeição preenche não vai ser bom o suficiente? Longe disso. É apenas uma constatação que reforça seus pontos de interesse e que serve pra explicar muita coisa sobre essa busca.

4 *Imagine viver a vida toda dentro de uma* quadra. Pode ser de vôlei, basquete, futsal, tênis, handebol ou qualquer outro esporte que você preferir. Até para o mais dedicado dos esportistas, uma partida que nunca termina não tem graça.

Quando rola o equilíbrio entre hesitação e entrega, honestidade e empatia é que o encanto acontece em qualquer fase de uma convivência, seja para dar o primeiro passo e demonstrar estar a fim, seja para recuar diante de uma briga.

Na lindA canção "Something's Gotta Give", lançada em 1954, o cantor Johnny Mercer literalmente já dava a letra: alguém tem que ceder. Não à toa a expressão virou título de comédia romântica das boas anos depois. É mais um dos clichês do amor e deste livro, mas praticamente todos os dias, seja num casal, trisal ou em qualquer outro formato de relacionamento poliafetivo, é necessário relativizar e abrir mão de algumas batalhas. Vencer também pode ser resultado do que inicialmente parecia ser uma derrota. Vai por mim!

5 *Um relacionamento não anda muito diferente* de um carro. Novo ou usado, com câmbio manual ou automático, ele vai precisar de manutenção. No dia a dia a coisa flui com mais tranquilidade, mas você sabe: sem abastecer com combustível não tem movimento. Eventualmente há necessidade de trocar o óleo, calibrar os pneus, fazer uma lavagem... demanda um pouco mais de trabalho, verdade. Mas o grande problema acontece mesmo quando o veículo precisa de reparos, já que bastar estar na rua para correr o risco de amassar a lataria.

Existir não significa continuar existindo. É a inocência típica de quem foi criada acreditando no felizes para sempre achar que uma relação é a mesma por toda a vida. Não é. Nunca. Altos e baixos fazem parte do processo de se relacionar (em qualquer esfera), e é urgente compreender isso. Se até a gente se cansa de nós mesmos eventualmente, que dirá uma segunda pessoa.

Já acreditei que, quando uma história parecia começar a desandar, estava decretado o fim, fosse ela minha ou de alguma amiga. Era isso, não tinha solução, qualquer coisa diferente do término serviria apenas para adiar o inevitável. Bobagem! Em alguns casos ainda vá lá, principal*M*ente se as questões estiverem relacionadas com problemas que ultrapassam nossos limites. Por favor, por favor, olhe para você com carinho suficiente pra sacar quando realmente não vale a pena (e não tenha medo de pedir ajuda caso sinta que esse é o caso mas que não encontra forças suficientes pra encarar sozinha).

A questão é que manter um relacionamento saudável muitas vezes é bem mais complexo e difícil do que decidir pôr um fim nele. E, caso você tenha imaginado duas pessoas andando de mãos dadas com sorrisos no rosto enquanto leu a palavra "saudável", sinal de alerta piscando! Por melhor que seja, desacredito de relações humanas sem aborrecimentos. Eles fazem parte! Entender a necessidade de se afastar, dar e receber espaço é o que desejo que você visualize quando buscar referências do que é sadio daqui pra frente.

6 *Não precisa procurar muito nos comentários* de qualquer foto de casal famoso anunciando um término na internet para encontrar um monte de lamentações sobre o fim. Eu adoro fazer esse exercício, aliás. Fico impressionada com a quantidade de gente que ainda não reconhece como bem-sucedida uma relação só porque ela acabou naquele formato. Foram anos vividos juntos, jantares com boas conversas, viagens deliciosas, encontros especiais em turma com os amigos, mudanças de endereço, às vezes até filhos fofinhos, mas tudo perde o sentido se ambos decidem colocar um fim no que até então era chamado de nam*O*ro ou casamento. Simplesmente não dá mais pra achar que a Gisele e o Tom Brady não deram certo, sabe?

PAREM!

Aliás, já que tocamos nesse assunto, você sabia que os relacionamentos monogâmicos são raridade entre os mamíferos? Na maioria das espécies os indivíduos tendem a procriar com a maior quantidade de parceiros. Não vou me estender aqui e falar sobre não termos nascido para ser parceiros exclusivos de uma única pessoa para o resto da vida pois, além de polêmico, o tema merece bem mais atenção do que isso.

Se eu fosse um sentimento, seria qualquer um menos o amor. Gosto da minha capacidade de usar a razão.

Eles
-
são

Uma por uma, as camisetas em vários tons de verde foram sendo dobradas e dispostas em seus novos lugares. Depois vieram as camisas brancas, as jaquetas jeans e os blazers, todos pendurados em cabides de veludo preto alinhados. Caixas de madeira com encaixe de tamanho perfeito para os quatro dedos vizinhos do polegar abrigavam os objetos pequenos demais para ficarem soltos. Uma gaveta inteira só para os pijamas, que agora podiam ser separados em longos e curtos. Havia mais espaço para ser preenchido do que conteúdo a ser guardado.

Na sala, almofadas com estampa xadrez ocupavam parte do sofá marrom de três lugares. Já não importava se elas pareciam natalinas demais ou se lembravam a estampa de um kilt, o Natal é uma festa feliz, e homens que usam saia merecem respeito. Cozinha, banheiro, jardim... todos limpos, sem vestígios de esquecimento. O carro finalmente ganhara ares de novo, agora sem os arranhões que acompanharam a lataria prateada por tanto tempo.

Se a vida faria mais sentido dali pra frente ainda não dava pra saber, mas com certeza estaria mais organizada.

Sentada diante do violão que sempre chamara de Taylor, sem saber que o nome próprio não era só um batismo carinhoso do marido, ela deixou as lágrimas escorrerem sem pudor. Não era tristeza, mesmo! **Não dá pra sentir saudade do que impossibilitou a vida de ser vivida por tanto tempo. Era mais um sentimento novo, uma mistura de alívio e medo que não existia por tempo suficiente para ser bem descrita.** ❶

Diane ainda era mãe do Lino, tutora do Banzé, professora de matemática das turmas D e A da Elementary School na escola particular mais antiga do bairro. Ela ainda tinha o mesmo cabelo acinzentado que misturava os recentes fios brancos com os pretos de sempre. O corpo permanecia com sua estatura média, as mãos com seus dedos compridos e unhas sempre pintadas de preto, os pés continuavam calçando 39. Tudo igualzinho antes, mas completamente diferente.

— Nós não terminamos, é que não dava pra continuar como estava. Passamos a ser duas máquinas de manutenção de problemas e resolvemos que havia espaço pra novos relacionamentos românticos na nossa vida.

Foi assim que, um mês antes, ela contara para a mãe, que acabara de completar 70 anos, que estava enfrentando questões no relacionamento. ❷

Dona Maria não entendeu nada do que ouviu, mas sabia exatamente o que significava, já que esperava uma ligação como essa fazia tempo. Apesar da distância que as separava desde o dia em que se despedira da filha no portão do embarque internacional de Guarulhos, ela podia sentir.

Num movimento um pouco desequilibrado, Diane se levantou sem pensar muito, colocou o instrumento musical dentro de um saco preto e riu por dentro ao imaginar a delícia que se*R*ia arremessá-lo longe na caçamba de lixo da rua. *Para de ser doida, você tem 45 anos nas costas*, pensou enquanto alocava o objeto no banco traseiro do carro e se lembrava das vezes em que fingira gostar do som que ouvia sair do instrumento. As crianças da escola mereciam o presente para as aulas de música.

Há quem diga que vinte anos mais cedo a professora tinha largado tudo para ir atrás de Pedro. Mal sabem as pessoas que a fuga para outro país fora uma estratégia de quem não via mais sentido algum em acordar todos os dias às 5h45, pegar a mesma dupla de ônibus + metrô, atravessar o mesmo corredor bege, sentar na mesma cadeira gasta de madeira, olhar para a mesma parede suja cheia de armários. Trabalhar no banco por tantos anos podia soar promissor para alguns, mas para Diane era como se os números servissem apenas para provar que o tempo ali passava lento o suficiente para durar mais do que realmente valia.

Em menos de três semanas, ela empacotou as poucas coisas que acumulava no apartamento quarto e sala que alugava sozinha e se casou. Não teve festa, roupa bonita nem padrinhos. As testemunhas foram educadamente convidadas na hora mesmo, dois estranhos que pareciam entediados demais na fila do xerox no cartório em que ela e Pedro assinaram os papéis. Era tudo uma questão prática para resolver a burocracia que o trabalho de Pedro exigia para mandá-los legalmente para os Estados Unidos, mas por dentro, ainda que silenciosamente, Diane esperava ansiosa o momento em que poderia usar a palavra "marido".

O relacionamento começara com um beijo roubado no meio da rua depois do expediente, e sem que pedido algum fosse feito virou namoro. As coisas sempre foram assim com eles. Não havia muita programação. Mês após mês, ano após ano, oito mil e trinta e poucos dias depois e não dava pra explicar de maneira muito lógica a história toda.

— Foi acontecen*Do* — respondiam quando questionados.

Sem problemas, tinha a ver com ser natural, deixar rolar, apreciar mais a realidade do que as convenções que mandam no protocolo. Não tinha? **E assim Diane foi se convencendo de que suas vontades não passavam de puro delírio infantil.** ❸

Coisa que ficou na cabeça, resultado das inúmeras tardes virando as páginas do álbum de fotografias que ilustrava a trajetória de seus pais. Sua imagem preferida ficava na contracapa. Maria usava um vestido rodado cor-de-rosa, com bolinhas amarelas estampadas no tecido. Carregava nas mãos uma flor murcha com o caule cortado por alguém que certamente não sabia fazer o serviço de forma correta. Ela estava sozinha, mas o reflexo nos óculos com armação grossa um pouco torta revelava o fotógrafo apaixonado.

Diane nunca havia tido um álbum desses, mas fizera questão de montar um com as próprias mãos assim que digeriu as duas linhas que apareceram logo após sua urina encharcar o único teste de gravidez que fez na vida. Pedro não entendeu nada quando flagrou a mulher rodeada de papéis e canetas coloridas.

— É para o caso de eu morrer no parto — disse ela, e ele deu de ombros sem questionar.

A gravidez passou longe de ser planejada, possivelmente foi resultado da pílula ingerida com nove horas de atraso num dia qualquer, mas foi celebrada. Ambos já passavam dos 35 e sabiam que, se o destino não fizesse por eles logo, ninguém mais faria. Lino adorava seu álbum desde quando ainda era bem pequeno, e aprendia o significado das palavras primeiro em português, e depois em inglês. A cada aniversário, registrava no livro o tamanho do pé esquerdo com contornos feitos em giz de cera. No mais recente, aos 9 anos, precisou de uma folha extra na vertical.

Explicar para o filho o que estava acontecendo, aliás, foi a parte mais difícil do processo todo.

"Mamãe e papai continuam casados, mas decidiram conhecer pessoas novas para ficarem mais felizes."

"Filho, tivemos que mudar um pouco os planos e o papai vai morar em outro lugar, mas a gente continua sendo marido e mulher; foi a mamãe que encontrou a casa nova dele!"

"Lino, eu e seu pai amamos você igual sempre. É que essa coisa de casamento é complicada..."

Até que, depois de ouvir tudo quase sempre quieto, um dia, ele decidiu revirar os olhos numa expressão de total cansaço e disse o que precisava ser dito por algum adulto:

— Por favor, vocês já estão separados faz tempo.

Talvez tenha sido falta de coragem, é verdade. Assumir o novo status diante do mundo parecia mais difícil do que continuar com algo que nem sequer existia mais. Isso sem falar nas contas: como eles fariam um sem a ajuda do outro? E se o Banzé não aceitasse comer a ração caso ela fosse oferecida na ordem diferente da habitual? E ainda tinha o Lino, a hipoteca da casa, os vinis comprados juntos...

O problema era que, aparentemente, não havia de fato um problema. Nenhuma traição, por exemplo, tinha vindo à tona de surpresa para tornar mais cabível alguma nova decisão. Ele sentia falta de beijos, de sexo, de conversas regadas a vinho tinto barato. Ela sentia falta de ser ela. Mas a verdAde é que nenhum dos dois entendia direito como seria possível viver uma vida diferente da que compartilharam por tanto tempo. E assim foram adiando o fim, esgotando o que havia tempos, eles sabiam, estava totalmente gasto.

Mas foi possível.

Com o vento batendo no rosto e o violão como único passageiro, Diane se deu conta: estava livre. ❹

Pra decorar a casa como quisesse, ouvir a música que desse vontade, apreciar a própria solidão, fazer o que preciSasse ser feito pra se sentir feliz. **Ela era mais uma mulher divorciada, mas a única que podia ser exatamente quem desejava.** ❺

Obrigada, próximo!

Olá, eu me chamo Karol e sobrevivi a três términos. Sei que estou aqui me fazendo de foda e cantando vitória, mas, apesar de dois deles terem sido relativamente fáceis, quero muito que você saiba sobre o último, em que senti algo que imagino ser parecido com a sensação de estar dentro de um túnel escuro sem saída. (E não tô falando de qualquer túnel. Esse era gelado, com goteiras, fedido, e dava pra ouvir barulhos assustadores...) Até um feixe de luz entrar por uma frestinha e me fazer enxergar a porta à frente foi questão de tempo.

E quer saber o mais impressionante? Eu não sUperei nem um deles! E como poderia, se tudo o que foi vivido faz parte da minha história, de quem eu sou e, consequentemente, as lembranças aparecem eventualmente em meus pensamentos? Aqui a vida é real, e, não, eu não tive acesso a uma máquina capaz de deletar da minha mente qualquer vestígio dos meus ex-namorados. Ainda assim, veja só, estou feliz num novo relacionamento saudável!

Deveríamos ser ensinadas a olhar pro nosso passado com menos necessidade de ser completamente esquecido para considerá-lo superado. E incluo aqui até as piores partes: ter tido um relacionamento como esse, que me prendeu por um tempo num lugar horroroso, me mostrou direitinho o que eu não quero e não aceito mais.

E eu garanto que revisitar detalhes de vez em quando não significa sentir saudade ou querer vivê-los novamente. Eu mesma já me flagrei curiosa stalkeando quem antes estava ao meu lado, tudo pelo prazer de poder descobrir fosse lá o que fosse. Em todas as minhas histórias, terminar foi como velar alguém que acabou de partir: eles morreram estando vivos. É como funciona pra mim, e, nesse meu processo, nunca consegui manter algum tipo de contato depois do término decretado. Admiro quem o faça.

Está esperando, então, que eu diga para você qual a fórmula para seguir adiante? Ou tantas páginas depois você já sabe que a única coisa mágica à qual vou te dar acesso são seus próprios pensamentos sobre o tema?

Pois muito que bem, é isso aí: novamente, não existem regras. Os sentimentos, sejam eles doces ou amargos, fazem parte de qualquer cArdápio bem-servido da vida. Tem gente que precisa de tempo junto mesmo já estando separado, tem quem só resolva com um novo amor, tem quem necessite apenas de uma boa noite de sono. A única coisa que eu espero é que, principalmente depois de ler este livro, você não seja a pessoa que se anula e apenas existe numa relação.

DIANE, DEIXA EU TE CONTAR UMA COISA...

1 Acompanhe comigo este pensamento (mesmo que talvez ele seja coisa da cabeça pirada de quem acabou de ingerir três litros de chá de flor): suponhamos que você esteja agora diante de um balcão com dois copos na sua frente. Ambos estão cheios de água até a borda. Está calor, você gosta muito de água, mas daria tudo pra tomar uma cervejinha bem gelada. Não tem mais espaço no balcão e também não tem mais copos. O balcão fica num bar e você nota que atrás de um dos copos tem uma torneira da qual sai chope. Você saliVa. Imediatamente pensa em colocar a boca embaixo da torneira e beber o líquido assim mesmo, mas sabe que não vai conseguir dar o gole que gostaria. Sacou? Só vai rolar fazer o que você está mesmo com vontade se um dos copos cheios for esvaziado. Terminar um relacionamento também se trata de abrir espaço pra algo novo!

2 **Nem este nem qualquer outro livro do** mundo teria páginas suficientes para expor as possíveis causas que levam um relacionamento romântico a chegar ao fim. Falta de tesão, tédio, traição... E olha que esses são apenas os motivos que começam com a letra T!

Já ouvi uma amiga contar sobre ter transado numa noite e na manhã do dia seguinte receber do então marido a notícia de que eles iriam se separar. Sim, na manhã do dia seguinte. Ela jura que nunca notou os sinais, mas eu acredito que esse tipo de história acontece uma vez a cada cem anos. No máximo. Somos humanos, programados pra nos expressar, nem que seja pelas expressões faciais. A gente sabe, a gente simplesmente sabe quando um namoro ou casamento não vai bem.

A decisão de ignorar esse fato é que torna tudo mais complicado, passível de virar algo traumático. Encarar o momento que exige recalcular a rota é o que faz do que você construiu com outra pessoa algo realmente bom, não viver fingindo que problemas não existem.

3 **Vez ou outra falo umas frases que acabam** fazendo mais sentido do que eu imaginei ao deixar as palavras saírem da minha boca. "Quando não temos medo de ser quem somos, chegamos mais próximo do que queremos." Essa foi uma delas e cabe direitinho na história da Diane.

Sabe aquela coisa de contar uma mentira tantas vezes até acabar acreditando ser verdade? É mais ou menos o que acontece em relacionamentos que parecem nos obrigar a anular sonhos e vontades. Ou naqueles em que rola simbiose e um dos envolvidos acaba sendo sugado pela verdade do outro. Um recadinho: a longo prazo os dois modelos são simplesmente insustentáveis...

4 **Desculpa a falta de sensibilidade com a Diane,** mas ela sempre pôde ser quem quisesse e só deixou de ser porque quis.

É duro, mas existem verdades que precisam ser ditas. Tirando situações extremas, há uma única comandante pilotando os controles da sua vida: você. Calma, não estou dizendo que deveria ser fácil, mas você é adulta (eu espero que você seja uma a*D*ulta. Se não for, oi, tudo bem? Talvez seja o caso de escolher outro tipo de leitura...), e culpar os outros por tudo depois dos 16 simplesmente não cola mais. Tenha consciência de ser sempre a responsável pela consequência dos seus atos (ou pela falta deles).

5 **Vamos combinar uma coisa? Caso você esteja** passando ou tenha passado por uma situação parecida com as das histórias anteriores e finalmente sinta, algum tempo depois da tempestade, os sintomas da calmaria (e talvez até se pergunte por que demorou tanto pra chegar aonde está), dê um sorrisinho e pense em mim. Vou sentir daqui. =)

Quando se trata de pessoas, nada é normal demais para ser banalizado ou estranho o suficiente a ponto de causar muito espanto.

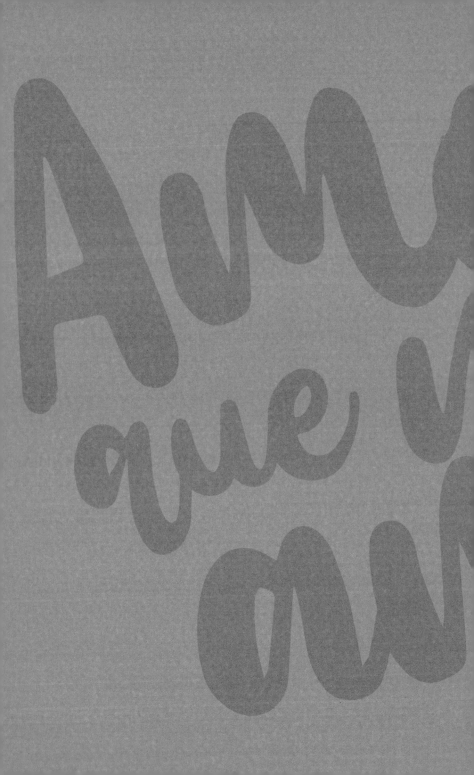

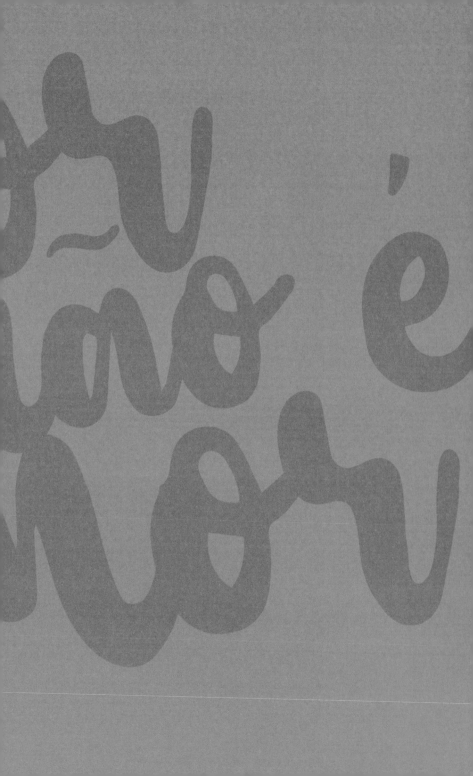

Dia 1
— Reparei em você assim que entrou no bar. Qual o seu nome?
— Yane, e o seu?
— Gabriel!

Dia 20
— Esse é o melhor dia dos namorados que já passei com uma mina na vida! Sem pressão pra ficar fazendo coisas românticas.
— Total! Eu amei o almoço e curti que os seus amigos foram legais comigo. Acho que nunca mais vou esquecer o filme também.
— Tudo isso e a gente não tá nem namorando!

Dia 32
— Eu postei uma foto em que você apareceu. Tá bem claro pra todo mundo que nós estamos juntos. Eu nunca postei foto com ninguém, isso diz muito sobre o quanto tô a fim de você.
— Mas a gente estava com uma galera, né. Sei lá...
— Você vai ficar feliz se eu postar uma só nossa? Não tenho problema nenhum com isso. Ó, vou fazer agorA, quer escolher? Pode até escrever a legenda.
— Não precisa! Eu confio em você.
— Na real, você que fica dando moral pra comentários no seu perfil que eu tô ligado.
— Eu?
— Aham. Cê acha que nunca me liguei que aquele cara tá sempre lá?
— O Paulinho? Pelo amor de deus, lindo, ele é meu melhor amigo. A gente se conhece desde os 14 anos. Fora que ele está namorando um menino, você sabe disso.
— Sei... Pra mim não tem essa de melhor amigo, não.
— Você tá com ciúme?
— Pô, eu só não quero ser feito de trouxa...

Dia 37
— Tô pronta!
— **Você vai assim mesmo?**

— Assim como? Com o mesmo look do dia em que te conheci? Hahaha. Vou. Achei que você nem ia lembrar.

— Tá gata, mas é que, sei lá, agora que a gente tá junto eu não quero um monte de marmanjo olhando pra minha mina.

Dia 102

— Meu pai traiu minha mãe quando eu era pequeno. Foi foda. Acompanhei tudo de camarote lá em casa. Ela ficou malzona, mas pelo meu bem resolveu continuar com ele.

— Que merda! E como ela descobriu?

— Não sei direito, mas eu nunca contei essa história pra ninguém.

— Ai, lindo... Meus pais tão juntos até hoje, mas, sinceramente, não sei se eles ainda se amam ou se é mais uma coisa de deixar a vida levar. Vira e mexe eles reclamam um do outro pra mim.

— Por isso que eu falo que tem que transar sempre. Parou com o sexo é porque já era!

Dia 137

— Lindo, tô cansada. Vamos?

— Pô, Yane, agora que tá ficando bom aqui. A galera mais legal chegou faz pouco tempo!

— Putz, mas a gente tá bebendo desde antes do almoço! Queria jantar lá em casa, aproveitar que tá tudo novo, que a g*EN*te acabou de mudar.

— Vai indo, então. Coisa boa de morar junto é isso: vamo acabar o dia na mesma cama mesmo.

— Mas você tá bem? Vai conseguir voltar sozinho?

— Mano, que isso! Sou um homem de 30 anos. Eu sei beber. E todo mundo que tá aqui te conhece.

Dia 138

— Eu tava muito louco. Nem sei direito o que aconteceu.

— Putz, Gabriel, duas pessoas já me disseram que você entrou no banheiro depois da Bruna e que vocês ficaram um tempão lá dentro. Que merda! E agora?

— E agora o quê, Yane? Não rolou nada, tô te falando. Quem te disse isso? Que filhos da puta. Não podem ver um casal bem-resolvido, curtindo a parada sozinho, que já querem causar a discórdia.

— Com que cara vou encarar meus amigos agora? Logo a Bruna? Nossa, que merda, que merda. Vocês transaram? Meu deus, a gente tá transando sem camisinha, Gabriel. Como que você pôde fazer isso comigo?

— Eu não fiz nada, porra! Para de surtar. Voltei pra casa não eram nem três da manhã, deitei do teu lado e capotei. Vai acreditar em mim, seu namorado, que aceitou morar com você, ou nessa gente infeliz que só faz essas coisas porque tá encalhada?

— Não é assim, Gabriel. Conheço todo mundo que tava lá há muito tempo.

— Então fica com eles!

Dia 179
— A casa é da minha família, vão estar só meus pais, lindo. As coisas tão tensas entre a gente desde que rolou aquilo tudo em fevereiro. Vamos, vai.

— Não rola a gente ir num fim de semana em que os seus pais não estejam? Ficar de boa, só nós dois.

— Poxa, mas eu quero muito que você passe mais tempo com eles, vocês trocaram poucas palavras nas vezes em que a gente se encontrou, foi sempre muito rápido. É importante pra mim.

— Beleza. Mas eu tô fazendo isso só por você!

Dia 200
— Fiz o jantar hoje como pedido de desculpas, Gabriel. Sei que tô meio nervosa, mas é que as coisas não estão fáceis no trabalho. Como foi lá no interior, na casa da sua mãe? Aproveitou bastante com ela?

— Realmente, tá foda. Por isso que você achou os cigarros na minha mochila aquele dia. Tive que voltar a fumar pra conseguir lidar com seus surtos.

— Me desculpa. É que a minha cabeça fica imaginando mil coisas desde aquele dia e...

— Já vai começar?

— Não, juro. Não vou mais falar sobre esse assunto. Me conta da sua mãe! ❷

— Foi tudo de boa. Fiquei com ela e vi os caras à noite.

— Ah, é? E vocês foram aonde? Fizeram o quê?

— Nada de mais, Yane. Caramba, para de me interrogar!

Dia 227

— Como assim me processar?

— Eu te juro que vou atrás de um advogado hoje. Você não respeitou meu espaço, fez o que deu na telha sem se lembrar de que eu tenho os meus direitos.

— Que direitos, Gabriel?

— Ué, pelos danos morais que você tá meu causando por violar a minha priva𝐶idade! Quem você pensa que é? Eu nunca faria isso com você.

— Eu não estou conseguindo nem falar direito agora, mas foi você que fez merda.

— Não é questão de ser pior ou melhor. Você tá errada, não vai admitir? Pelo amor de Deus, Yane, já aturei seus ataques por tempo demais. Vou embora daqui, você nunca mais vai me ver.

— Mas o que eu fiz de errado?

—Tudo! E vai sofrer as consequências disso. Talvez seja bom mesmo pra você. Quem sabe se parar e pensar só um pouquinho perceba os absurdos que já fez.

— Gabriel, juro que não me conformo. Aquele dia lá na praia, acreditei tanto no que você falou, sabe? Que se eu melhorasse a gente ia pensar em dar entrada num apartamento junto. Sei lá, você me pediu pra pesquisar o tipo de decoração que eu queria fazer. Lembro que você ficou fazendo carinho um tempão no meu cabelo e ainda elogiou por eu ter deixado crescer na cor natural. Voltei pra casa toda feliz, mesmo depois de tudo.

— Pois é, e olha aí. Hoje é oficialmente a prova de que nada mudou! Ainda bem que não compramos apê nenhum.

— **Por quê? Só me diz por quê!** ❸

— Você quer mesmo saber? Então vou te dizer: tô cansado de tudo isso. Sempre fui um cara de boa, cheio de amigos, felizão mesmo. Entrei nessa de namorar e morar junto porque achei que você era uma mina firme, confiante em si mesma. Aí o tempo foi passando e as suas neuras começaram a ser maiores do que você. Bem maiores, aliás. Eu sei que não sou perfeito, mas se você quis continuar comigo que fosse pra olhar pra frente, não ficar olhando pra trás.

— Gabriel, é fácil pra você falar. Só eu sei a quantidade de coisa que tive que passar por cima pra gente continuar junto. Ela era minha amiga, vocês só se conheceram por minha causa.

— Não, Yane, que saco! Eu já falei e não vou repetir mais. Foi só uma vez, tava todo mundo muito louco e era uma festa de Carnaval. Você que decidiu ir embOra e me deixou lá sozinho. Aliás, antes eu tivesse chegado logo na Bruna do que em você naquele sábado que a gente se conheceu.

— Como que você tem coragem de me falar uma coisa dessas?

— É pra você ver a que ponto chegamos, no ponto-final mesmo.

Dia 257

— Vai, Yane, para de chorar e me dá um abraço!

— **Mas de jeito nenhum. Eu não vou voltar pra você mais uma vez.** ❹

— Voltar? Como assim voltar se fui eu que saí de casa e terminei? Tô aqui de boa, te dizendo que tô disposto a tentar porque acho que ainda vale a pena. Não dá pra jogar no lixo todos esses meses. Eu te desculpo por ter mexido no meu computador.

— Dessa vez não tem como. Contei tudo pra minha família, minha mãe vai ficar muito puta se eu ligar dizendo que a gente reatou. Não vai mais rolar viajar com eles, por exemplo.

— Puta que pariu, Yane! Você não é capaz de guardar as coisas que a gente vive como casal só pra você? Tem que sair por aí fofocando tudo?

— Eu tô quebrada por dentro, não consegui fingir que estava bem quando ela veio aqui em casa ontem. Sem contar que eu precisei pedir ajuda com a mudança. Não vai rolar bancar o aluguel daqui sozinha e já tô vendo de ir pra outro lugar com alguma amiga.

— Que amiga? Cuidado pra não escolher a errada. Já deu pra perceber que a galera que anda com você não é tão amiga assim...

— Gabriel, eu nunca mais vou esquecer as fotos que eu vi quando a tela do seu computador ligou. Que merda, não tô nem conseguindo dormir na cama esses dias porque a imagem volta toda hora na minha mente. E sabe o pior? Nem foi isso que mais me doeu, foram as conversas. Você desdenhando totalmente da minha inteligência...

— Eu fico impressionado com o jeito como você consegue transformar tudo em algo sobre você.

— É que dessa vez é sobre mim mesmo. Eu que não quero mais viver com alguém que coloca o celular no bolso do pijama pra ir ao banheiro de madrugada. Acabou, Gabriel.

Abusivo e só

Eu estava em dúvida sobre falar ou não desse tipo de relação aqui. O tema relacionamento abusivo nunca foi tão discutido (ainda bem), e se você quer saber da verdade, eu ainda acho que seja lá o que for dito, qualquer coisa é pouca para um assunto tão importante.

Era bem esse o meu receio: nadar no raso dentro de um rio que só quem vive sabe ser demasiadamente profu/Ndo. Mas a jovem mística aqui acredita nos sinais que a vida dá e não teve como ignorar o que me aconteceu ontem. Passei boa parte da noite trocando mensagens com uma conhecida de longa data com quem não falava fazia muito tempo e que estava enfrentando o que ela mesma definiu como o momento mais absurdo da vida dela. Depois de nove anos, ela entendeu que estava aceitando um amor que só lhe fazia mal. E por mal entenda ser tratada como lixo enquanto era manipulada para achar que a culpa era toda dela. Por sorte, depois de sofrer muito e precisar envolver até a polícia na história, ela conseguiu se reerguer e voltar a construir a própria vida sozinha.

Histórias como essa se repetem diariamente, às vezes muito mais perto de nós do que podemos imaginar. E elas são tristes, ainda que tenham um final como o da minha amiga. Isso porque tiram da gente um pouco da fé no outro e em nós mesmas e, quando não há mais possibilidade de sentir esperança, a dor pode se transformar em trauma.

Eu sei que algumas páginas atrás eu disse que gosto de pensar nos meus antigos relacionamentos como uma forma de aprendizado, ainda que, inclusive, um deles tenha sido bem desse tipo abusivo clássico, mas existem feridas fechadas em que a cicatriz incomoda muito mais do que é suportável aguentar. Não é o meu caso, mas pode ser o seu. Se for eu sinto muito. Muito. Muito mesmo. E, se você tiver a necessidade de olhar para essa parte do passado desejando que cada segundo seja esquecido, mesmo sabendo que na prática isso é impossível, estou aqui pra que você não passe por isso sozinha.

Reconhecer os sinais é o primeiro passo para que o alarme de alerta seja acionado. E, viu, apesar de mais explícita, a violência física não é a única que caracteriza um relacionamento abusivo. Ela pode ser também psicológica, patrimonial, sexual, moral ou até todas elas juntas.

E esse é o motivo que me levou a escrever a história da Yane exatamente como você acabou de ler.

NÃO TEM NENHUMA LOUCA AQUI!

1 *De acordo com a Organização Mundial da Saúde,* em 2021, três a cada cinco mulheres estavam sofrendo, sofreram ou sofreriam um relacionamento abusivo. Eu fiz questão. Tirei todos os bons momentos para que você conseguisse enxergar apenas os ruins. Fiquei tensa, confesso. Enquanto escrevia, comecei a achar tudo óbvio demais... Desliguei o computador, refleti por alguns minutos e cheguei à conclusão de que era exatamente essa a sensação que eu queria causar. Pra quem está de fora, a coisa toda chega a parecer um teatro encenado. Quantas vezes sentimos ódio de um macho escroto durante um namoro dentro do Big Brother, por exemplo? É explícito quando há alguém agindo de forma tóxica numa relação. Mas, quando se trata da sua relação, uma venda pode parecer ter sido colocada diante dos seus olhos.

Relacionamentos abusivos não são feitos só de tristezas e desilusões. Em parte eles são bons, e é justamente por isso que acabam confundindo quem está vivendo e até durando mais do que deveriam. Você ama, confia, acredita, e assim vai olhando para a própria história sob uma perspectiva que justifica as atitudes do outro o tempo todo. Aliás, existe um nome na psicanálise para descrever esse comportamento: desautorização do processo perceptivo. Você sabe que algo não está certo, mas racionaliza e entra em processo de negação.

2 **Ok, acho que precisamos falar um pouco mais** sobre o tal processo de negação. Yane se apaixonou por Gabriel, certo? Cer*To*! Ela estava envolvida, conhecendo um cara que, até então, não tinha defeitos aparentes em sua personalidade, certo? Certo! Coloquemos agora em perspectiva o que já foi lido aqui mesmo, neste maravilhoso exemplar, e somemos a tudo isso o fato de que muito do que ela encara nesse primeiro momento como parte de quem Gabriel é, na verdade, não passa de produto da imaginação dela, criado a partir das expectativas dela, certo? Certo!

Até aqui, sem surpresa: dependendo das condições em que um entrou na vida do outro, é mais ou menos o que rola com todo mundo. Como é, então, que passamos para uma situação de desautorização do processo perceptivo? Justificando cada sinal tóxico:

- Ele está com ciúme de mim e isso significa que me ama.
- Ele quer saber sempre para onde eu vou e com quem eu vou porque se preocupa comigo.
- Ele é gente boa demais por continuar com alguém surtada como eu.
- Ele só foi agressivo uma vez, jurou que nunca mais seria.
- Ele não gosta que eu conte sobre as nossas brigas porque quer nos preservar enquanto casal.
- Ele é bom pra mim no fim do dia e ninguém mais seria capaz disso.
- Ele é assim mesmo, é o jeito dele.

E, por fim:
- <u>Eu</u> vou ter que admitir e lidar com as consequências por ter feito a escolha de permanecer com ele.

Spoiler: pode ser doloroso demais encarar a realidade, mas vai ser ainda pior continuar presa nessa situação pra sempre.

3 Esses dias vi uma thread[5] no Twitter com vários depoimentos que contavam qual foi o momento decisivo para o fim de uma relação. Tinha de tudo: de gente que pegou o parceiro no flagra com um familiar até quem tenha percebido que não dava mais por conta de uma briga sobre a roupa (mal) lavada. A questão é que o inaceitável é relativo demais e nem sempre chega quando se espera. É um pouco polêmico dizer isso, e talvez ainda não estejamos preparadas para aceitar, mas eventualmente vamos agir de maneira abusiva nos nossos relacionamentos. Desde que isso não passe dos limites individuais de cada um, faz parte do show de quem é humano. A questão aqui não tem a ver com uma discussão pontual em que, no calor do momento, algo cruel foi dito. Estamos falando de estrutura!

Um relacionamento é abusivo quando estruturalmente tem essa característica. Quando uma das partes age sempre de maneira dominadora, controladora, agressiva, manipuladora... Sacou a diferença? Trata-se de um padrão que reduz a vítima até que ela se perca de si mesma.

4 E como sair dessa? Vi... já ouvi muitas histórias de mulheres que sofreram esse tipo de abuso e conseguiram, de alguma maneira, seguir em frente. Em quase todas o envolvimento de alguém de fora da situação se fez necessário. Seja para mostrar de forma nítida a magnitude do problema (no caso daquela minha amiga, ver a polícia envolvida trouxe a noção real de gravidade) ou para, literalmente, segu*R*ar a mão de quem está sendo abusada. Não é regra, mas pode ser importante/necessário.

Vamos combinar assim: sempre há um jeito. Não quero que você se esqueça da possibilidade de, em algum momento, ser tarde demais. Infelizmente estamos aqui encarando a realidade de um país que, só no primeiro semestre de 2022, registrou 699 casos

---

[5] Uma thread é uma sequência de postagens no Twitter conectadas pelo mesmo assunto. Como as postagens no Twitter têm um limite de caracteres, o autor da postagem inicial vai complementando o assunto escrevendo outras a seguir. E então outras pessoas começam a comentar essas postagens, formando uma thread (ou um fio).

de mulheres vítimas de feminicídio[6]. É por elas também que não podemos trabalhar com a falta de perspectiva de uma vida longe desse tipo de relação.

Então, peça ajuda, comece contando para alguém próximo o que você está vivendo e sentindo. AcEite apoio. Procure um profissional da área da saúde mental, caso tenha acesso. Não se culpe. Pode acreditar: a tendência é que o abusador jogue toda e qualquer responsabilidade em cima do outro. Mas Yane não era culpada, nem você é!

---

[6] Dados do Fórum Brasileiro de Segurança Pública.

Amor demais não cura, amor de menos não faz adoecer.

Pela janelinha com moldura de madeira branca descascada, o céu que se via estava azul. Manchas esbranquiçadas formavam nuvens que caminhavam bem devagar para a direção oeste. Ou seria sul? Não dava pra ter muita certeza. Olavo estava deitado sob a luz do sol fazia alguns minutos, e tudo o que conseguia fazer naquele momento era permanecer ali, praticamente imóvel.

Aquela era sua casa havia pouco mais de seis anos, e cada canto já tinha sido explorado por completo. Texturas, acabamentos, cores e cheiros estavam gravados em sua mente como o desenho perfeito de um mapa. Tudo era extremamente confortável e aconchegante, o piso de madeira mais quente da sala para as manhãs frias, o piso de granito geladinho da cozinha para depois do almoço, o espaço com plantas bonitas na varanda... Ser feliz era fácil demais ali.

Não fossem os barulhos estranhos do lado de fora, no corredor, responsáVeis pelos movimentos quase involuntários de suas orelhas, a preguiça viraria uma deliciosa soneca até o fim da tarde, mas o dever o chamava. Num movimento apressado, ele se levantou num único impulso, abriu a boca, moveu a língua e latiu até ouvir a voz de Rebeca chamando.

Ela parecia séria.

Rebeca nunca ficava séria.

Vez ou outra ela se dizia triste ou chegava do trabalho cansada. Meses antes andara até derrubando gotas salgadas pelos olhos durante alguns dias seguidos, mas aquela era a primeira vez que seu tom de voz enunciava um som tão grave.

Ele tentou espiar o que ela fazia, mas falhou ao se dar conta de que seus olhos não alcançariam a altura necessária para enxergar além do tampo da mesa. Estranho. O retângulo prateado nunca ficava ligado ali. Resolveu ignorar seus sentidos e se sentou apoiado nas duas patas traseiras. Logo chegaria a hora do jantar e ele mal podia esperar para sentir o gosto amargo por entre seus dentes. Era uma quinta-feira, dia oficial de peixe com purê e brócolis no prato dela.

Ah, a rotina. Olavo não sentia vergonha alguma de admitir ser simplesmente fissurado por ela. Saber como os dias passariam, em quais horários receberia sua ração, o banho, os passeios... Era bom demais poder fechar os olhos, dormir e acordar na sequência já esperando qual rumo as próximas horas tomariam. A única coisa para a qual não havia programação se chamava carinho. "Quer carinho?" eram as duas melhores palavras do mundo possíveis de serem ditas juntas. Na barriga cor-de-rosa cheia de manchas escuras, no pescoço coberto de pelos, no focinho comprido... quanto mais, melhor!

Rebeca ainda apoiava o rosto na palma da mão direita que cobria parcialmente a boca quando fechou a tela do computador com tanta força que fez Olavo tomar um susto. Não teve cafuné, não teve comida, não teve Rebeca. Ela caminhou até o quarto, deitou na cama e esqueceu da existência de qualquer outra coisa.

Olavo sabia reconhecer quando algo não estava bem, e, definitivamente, aquela noite era um desses mOmentos. Relevou os roncos do seu estômago, aninhou-se o mais próximo possível das pernas de Rebeca e, mesmo sem sono, ficou ali até que os dois adormecessem.

Uma imagem estranha formou-se diante de seus dois olhos redondos cor de caramelo. Havia uma névoa no ar, algo parecido com algodão-doce despedaçado que impossibilitava a visão completa do que estava acontecendo. Cada vez mais nítido, um grande vulto vinha se aproximando. Era largo, brilhante, reluzente. Olavo já não suportava mais esperar de longe e correu tão rapidamente, pisando com força na grama molhada, que nem conseguiu sentir o vento batendo em seu corpo. Quanto mais perto, mais irresistível. Mais perto, mais e mais perto. Um pedaço de alcatra? Ou seria picanha? Não, não, definitivamente era filé mignon...

Rebeca se levantou da cama, acordando Olavo do sonho delicioso que ele estava tendo.

Ainda salivando, ele ficou intrigado ao flagrar seu pedaço de sol matinal diário no lugar errado do quarto. Se ontem foi quinta, hoje era sexta-feira e só amanhã viria o sábado. Percebeu a urgência de uma atitude drástica e abocanhou o tênis jogado no chão. Nada. Rebeca viu a cena, deu de ombros e caminhou para a sala sem se importar com a possibilidade de pequenos furos com formato de arcada dentária canina aparecerem no calçado.

Algo sério estava rolando.

Olavo mastigou a ração que lhe foi ofereCida enquanto bolava um plano para desvendar o mistério. O computador, só podia ter algo a ver com o computador. Sentiu tanta raiva que até pensou em derrubar o aparelho no chão e cortar o mal pela raiz. Poderia, tranquilamente, subir na cadeira, alcançar a mesa com as patas dianteiras e concluir a ideia com o poder de seu longo rabo peludo. Mas quando se deu conta já era tarde demais, o retângulo estava no sofá, no colo de Rebeca. Ela chorava copiosamente ainda com a roupa do dia anterior.

Palavras não eram o forte de Olavo, mas ele sabia exatamente o que precisava falar. Latiu, olhou no fundo dos olhos de sua melhor amiga e falou. Rebeca sentou no chão e esticou os dois braços até que ambos estivessem envolvidos por completo.

— Eu não sei o que fazer, Olinho.

Ufa! Ainda havia muito dela para ele.

Iluminadas na tela, as letras se uniam formando o texto que Olavo conseguiu ver escrito:

Não ame, liberte-se! ▸ Caixa de entrada ✕

Emocional Corp liberdade@emocionalcorp.com.br
para mim ▾

Querida Rebeca,
Recebemos seu cadastro em nossa plataforma e agradecemos o interesse. Seu pedido foi aprovado e seu pagamento já consta em nosso sistema. Sabemos que você busca uma vida mais tranquila, em que o foco seja sempre seu bem-estar, por isso ficamos felizes em oferecer o poder da liberdade de não sentir amor.
Como você já sabe, nossos serviços funcionam por ondas de transmissão que serão ativadas e absorvidas por você através do clique no botão abaixo.
Lembre-se de que o processo é irreversível e não apagará da memória o que você já vivenciou antes de participar do programa da Emocional Corp, valendo somente para quando o sentimento acontecer em sua vida daqui para a frente.

BLOQUEAR AMOR AGORA

Ainda dentro do abraço, o corpo todo de Olavo enrijeceu por alguns segundos. Pedra, era como se órgãos, carne, osso e pele tivessem virado pedra.

Não, óbvio, lógico! Que bobo! Era tudo culpa da sua falta de habilidade em juntar palavras. Ame, tranquila, bem-estar, felizes... Um monte de coisas boas em nada poderia estar ligado com o "não" na frente do "sentir amor". Ele sabia disso, que dirá Rebeca!

Ecoava em seu pensamento a frase que ouvira assim que ela o pegou no colo pela primeira vez na vida. Juntos para sempre, não importa quanto tempo o sempre vá durar. Rebeca era maravilhosa, inteligente e sorria tão lindo! Daquele dia em que a adoção tinha sido aprovada em diante, tinham sido os dois contra o mundo. Até o ano anterior, quando deixaram de ser uma dupla para se tornarem um trio. Lu chegara com aquela bota gostosa de morder e suas meias saborosamente velhas. No começo foi estranho, rolou até uma disputa pelo melhor lugar no sofá, mas logo o que parecia impossível aconteceu e o sorriso de Rebeca ficou ainda mais bonito. Ahhh, tudo valia a pena se Olavo conseguisse, vez ou outra, ver os dentes que normalmente se escondiam dentro da boca de Rebeca.

Pensando bem, será que esse e-mail tinha algo a ver com Lu? Rebeca só tinha ficado tão abalada assim uma única vez, quando Lu saiu pela porta da frente arrastando a mala marrom com rodinhas quebradas e nunca mais voltou. Mas fazia tanto tempo que não se ouvia mais falar nisso. O namoro aconteceu, durou quanto tinha que durar, depois começou a deixar Rebeca mais triste do que feliz e acabou. Não é exatamente assim que as coisas deveriam funcionar? Se é mais ruim do que bom, qual o sentido de existir?

A relação de Olavo e Rebeca, por exemplo, nunca ficara ruim. Nunca mesmo. Tá, teve aquela vez em que o fio da geladeira acabou partido ao meio por um descuido dele, que estava com coceira na gengiva, típico de filhotes. O cheiro estranho que saía de dentro do eletrodoméstico desligado espalhou-se pelo apartamento e Rebeca ficou bem brava mesmo, sem chamá-lo pelo diminutivo por uns dias. Mas passou, não foi nada grave a ponto de exigir algum afastamento.

— O que eu faço, Oli? Se eu clicar no botão, nunca mais vou amar alguém na vida.

Então era isso. Um clique. O simples ato de repousar o dedo numa tecla e fazer pressão suficiente pra afundar o botão alguns milímetros era o que separava Rebeca de uma nova vida. Vida com a qual ela sonhara tanto desde o dia em que ficara solteira novamente.

Uma confusão de pensamentos e imagens passou como um raio pela mente de Olavo. Ela só podia estar brincando. Quem em sã consci*Ê*ncia desejaria algo tão horrível assim? Pago? Aprovado? Ela que tinha procurado a tal empresa?

E então Olavo perdeu totalmente o controle. Sem se preocupar com o que havia aprendido anteriormente, colocou as patas traseiras um pouco mais para a frente, abaixou o tronco e deixou que as bolhas que teimavam em estourar dentro da sua barriga saíssem dele em formato sólido. Bem ali no tapete da sala. Algo precisava ser feito em definitivo, mas, enquanto não fosse possível, adiar qualquer erro era o mínimo que ele podia oferecer.

Não teve bronca, mas, mesmo que palavras feias tivessem sido ditas no calor do momento, ele as teria ignorado completamente. Rebeca não fazia ideia da gravidade do que estava planejando viver.

O amor que ela sentia por ele estava prestes a não existir mais!

Haveria lembranças, ok, mas aquele brilho nos olhos parecido com as luzes que piscam nas árvores de plástico montadas todos os anos em dezembro seria apagado.

Não.

Não.

Não!

Enquanto pano e sabão entravam em ação para minimizar o estrago feito no cômodo principal do apartamento, Olavo caminhou até sua caminha, cheirou a almofada azul-turquesa, se acomodou em forma de rocambole e escondeu sua cara por entre o tecido macio. Quem visse de longe certamente entenderia que aquele cão estava mal, mas quase ninguém seria capaz de desvendar o porquê. E foi com esse pensamento em mente que Olavo ouviu de longe gritos sobre sangue, médicos e remédios, mas, apesar da curiosidade, ele estava triste demais para se importar.

Um aconteci*M*ento, uma notícia, um insight, um segundo. Primeiro uma sensação estranha de balança pra cá, mexe pra lá.

Depois uma superfície dura e fria iluminada por desconfortáveis lâmpadas de luz branca. O toque de mãos estranhas tinha textura de borracha?! Então era assim a vida de um cachorro que não é amado? Estava tudo confuso, Olavo mal conseguia manter os olhos abertos. Ok, melhor dormir.

Mais mexe e balança, agora o clima era seco. Olavo tentou se esticar sem sucesso e percebeu que havia cabos conectados diretamente a ele. Grades? Sim, aquilo bem diante de seu nariz eram grades. Tudo fez sentido. Rebeca ap*E*rtara o botão, deixara de sentir amor, se cansara dele, resolvera que não estava mais a fim de dividir a comida e se livrara dele sem dó nem piedade. Era isso, o pra sempre tinha chegado ao fim.

Durante algumas vezes na madrugada, pessoas que provavelmente ainda viam graça em amar apareceram para lhe oferecer conforto. Um carinho ou outro, delícia, algumas até tinham o cheiro bom, mas nenhuma chegava perto de ter o aroma que saía de Rebeca. Até que, lá pro fim da tarde, algo bem estranho aconteceu. Rosas? Ué, com certeza aquilo era cheiro de rosas. Alguém tinha comprado o mesmo perfume que ela, lógico. Sem demonstrar interesse Olavo manteve os olhos fechados. Só que não eram só rosas.

— Olinho.

Era ela!

Rebeca estava bem ali, e dessa vez não havia a menor possibilidade de ser bom só porque era sonho. Olavo estava acordado, enxergando tudo perfeitamente. Ele queria muito mostrar o quão bravo estava, pensou até em rosnar de leve, mas se deixou levar quando sentiu o toque das mãos dela.

— Nossa, que susto você me deu, cara! Que bom que cê tá bem. Desde aquele dia lá em casa, na semana pas*S*ada, tá sendo horrível ficar longe. Mas é pro seu bem, tá? Prometo. Hoje eles vão me deixar te levar embora, eu nem acredito. Tá vendo essas coisinhas na sua barriga? São pontinhos da cirurgia, mas não pode mexer! Vou colocar um colar no seu pescoço. Não se preocupa, não vai mais doer. Quem eu amo? O Olinho cheiro de chulé!

107

Aqui vai (mais) uma verdade

Comecei a escrever este livro há mais de três anos. Sim, sim, você não leu errado. Vivi uma pandemia, uma gravidez e um pós-parto que foram adiando, dia após dia, a possibilidade de estas palavras chegarem até você. Mas elas chegaram (ufa!), e eu decidi que precisava te contar isso pra explicar melhor esse último capítulo.

Eu queria falar só sobre amor romântico, é verdade, mas aí eu virei mãe... E, rapaz, se tem u*M*a coisa que muda tudo é ter alguém pra chamar de filho. Não fazia mais sentido! Descobri um portal absurdo no mundo dos amores que se abriu pra mim e me fez ser capaz de enxergar sob outra perspectiva. Eu já fui a Rebeca e ouso dizer que, pelo menos uma vez na vida, todos já fomos. Quem nunca desejou parar de sofrer por amor?

Mas o amor, minha amiga, o amor é foda! Ele nos faz viver o melhor e o pior com a mesma intensidade, e eu demorei 36 anos pra perceber que isso se estende pra quando a gente ama... qualquer pessoa! Me vi segurando um pacote de gente, sentindo o amor mais potente que já experimentei na vida, me perguntando como eu suportaria continuar vivendo caso o perdesse! Nesse mesmo dia, rolei o feed do Instagram, vi a foto de um filhote fofinho e sugeri que minha mãe o adotasse.

— Não quero, eu sofri demais quando perdi o Pitty.

Porra...

QUAL A SAÍDA?

Amar, ué! Desistir do sentimento não é uma opção. Sinto muito, mas você já sabe que, sendo a humana que é, realisticamente falando, não vai ter essa capacidade. E, ainda que tivesse, quão sem sentido seria uma existência inteira sem amar um sobrinho, um amigo, uma cunhAda, uma mãe, uma tia, um primo, um irmão, uma amiga, uma sócia, um vizinho, um pai, um gato, um cão, um filho, uma namorada ou um marido?

Eu ainda reconheço a mulher que escreveu lá no começo deste livro, com algumas histórias a menos na bagagem. Ela era o mesmo eu que sou hoje, só um pouco menos amadurecido, tudo culpa do amor na minha vida.

Agora, só porque ainda não estou pronta pra me despedir, peço que você faça o exercício de voltar até o começo do livro pra juntar as letras.

Com muito amor,
Karol

Quando a vida é a responsável por ensinar, aluno bom é aquele que não tem medo de aprender.

Obrigada, obrigada, um superobrigada para as pessoas que me ajudaram a fazer este livro existir. Raïssa, Rayana, Ligia e galera do Grupo Editorial Record (BestSeller), se vocês não desistiram de mim, ninguém mais desiste! Hahaha. Seguidoras/leitoras, meu feed vai voltar a ser atualizado agora, prometo! Gi e Helena, valeu por cuidarem da Yay Produções mesmo quando minhas respostas eram sempre "agora não consigo, tô escrevendo". Aline, topa mais umas fotos andando sem rumo por NY? Lê e seu "vai que eu fico com o menino". Família, sem vocês não haveria história alguma. Amigas e amigos, caso se reconheçam em alguns personagens, saibam que é isso mesmo! Hahaha. Combo Bom, minhas musas inspiradoras fodas máximas. Arthur, obrigada por me deixar contar sobre o nosso amor. Você é o meu melhor! Maqui, a primeira leitora deste livro, eu teria que escrever outro só pra ter espaço suficiente pra te agradecer (mas preciso de uma folguinha como escritora agora, você sabe! haha). Eu amo a nossa certeza.

Manu,
Quando este livro for publicado você ainda não vai saber ler, mas não tem problema: escrevo agora na esperança de que, num domingo qualquer, você encontre na estante de casa um exemplar amarelado pelo tempo. Você mudou tudo por aqui. Tudo mesmo.

Seu pé, seu cheiro, seu sorriso, seus dedinhos, sua barriga... Fiquei grávida, gestei, gerei e cuidei dos três primeiros anos da sua vida enquanto escrevia sobre amor. Foi louco demais descobrir que eu sabia tão pouco sobre o tema antes de te conhecer.

Obrigada, meu filho. Haverá amor em mim por você pra sempre.

Referências

BREWER, Gayle. "What is Love? Here's the Science..." *The Conversation*, 17 maio 2016. Disponível em: https://theconversation.com/what-is-love-heres-the-science-59281. Acesso em 12 de julho de 2023.

CACIOPPO, Stephanie. *Wired For Love: A Neuroscientist's Journey Through Romance, Loss and the Essence of Human Connection.* Londres: Flatiron Books, 2022. Flatiron Books, 2022.

CACIOPPO, John T.; PATRICK, William. *Solidão: A natureza humana e a necessidade de vínculo social.* Tradução: Julián Fuks. Rio de Janeiro: Record, 2011.

hooks, bel. *Tudo sobre o amor.* Tradução: Stephanie Borges. São Paulo: Editora Elefante, 2021.

LINS, Regina Navarro. *O livro do amor (Vol 1): Da Pré-História à Renascença* e *O livro do amor (Vol.. 2): Do Iluminismo à atualidade.* Rio de Janeiro: BestSeller, 2012.

Este livro foi composto na tipologia Addington CF,
em corpo 9,5 e impresso em papel offset 90,
na gráfica Cromosete.

Com amor,

Com amor,

Com amor,

Com amor,

Com amor,